vontade de ferro

nikolai leskov

tradução: francisco de araújo

jabuticaba

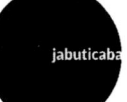

Dados Internacionais de Catalogação na Publicação (CIP)

L629v   Leskov, Nikolai

Vontade de ferro / Nikolai Leskov ; traduzido por Francisco de Araújo. - São Paulo: Edições Jabuticaba, 2020.
    168 p. ; 11cm x 18cm.

Tradução de: Железная воля (Jeliéznaia Volia)
ISBN: 978-65-00-04855-1

1. Literatura russa. I. Araújo, Francisco de. II. Título.

2020-1260

CDD 891.7
CDU 821.161.1

Elaborado por Odilio Hilario Moreira Junior CRB 8/9949

Índice para catálogo sistemático:
1. Literatura russa 891.7
2. Literatura russa 821.161.1

© 2020 Edições Jabuticaba

Revisão: Rodrigo A. do Nascimento e Marcelo F. Lotufo

Design miolo: Marcelo F. Lotufo

Design capa: colaboração Marcelo Lotufo e Bruna Kim

Imagem da capa: *Retorno da Rússia*, litografia de Théodore Géricault

Edições Jabuticaba
www.ediçõesjabuticaba.com.br
www.facebook.com.br/Edjabuticaba
Instagram: @livrosjabuticaba

8 - *Vontade de Ferro*
              Nikolai Leskov

159 - Uma história por trás de *Vontade de Ferro*
              Francisco de Araújo

vontade de ferro

nikolai leskov

A ferrugem rói o ferro.
Provérbio russo

1

Discutíamos com toda a veemência, insistindo na ideia de que os alemães, ao contrário de nós, têm uma vontade de ferro e por isso disputar com eles era muito perigoso. Uma gente sem força de vontade, como é a nossa, dificilmente levaria a melhor. Essa era uma das mais corriqueiras discussões de nosso tempo. Embora fosse bastante aborrecida, discutíamos com verdadeira obsessão.

O único que não tomava parte no debate era o velho Fiódor Afanássievitch Vótchniev, que tranquilamente preparava o chá; mas, servida a bebida, quando todos já seguravam as canecas, Vótchniev se manifestou:

—Eu escutava, senhores, escutava o que discutiam e acho que estão apenas jogando conversa fora. Suponhamos que os alemães tenham mesmo essa vontade e que ela seja bela e firme, como estão dizendo, e que a nossa coxeie um pouco; ainda que isso seja verdade, para que se desesperar? Não há razão para isso.

—Como não há? Pressentimos todos, tanto eles quanto nós, que vamos acabar nos enfrentando.

—E o que tem demais se isso acontecer?

—Vão nos dar uma surra.

—Que nada!

—Sim, é claro que vão.

—Ora, por favor, não é assim tão simples nos açoitar.

—E por que não seria? O senhor por acaso conta com alguma aliança? É só mesmo com o zé-povinho, meu velho, que se pode contar e com mais ninguém.

—Talvez seja verdade. Mas por que desprezam assim o zé-povinho? Isso não se faz, me perdoem, mas não se faz. Em primeiro lugar, porque são eles os russos mais fiéis, além disso, têm muito bom coração; são capazes de se atirar tanto ao fogo quanto à água se for preciso. Isso tem algum valor em tempos práticos como o nosso.

—Tem, sim. Mas não contra os alemães.

—Pelo contrário, é justamente nesse caso que isso mais tem valor; no embate com o alemão, que sem cálculo não dá um passo e sem um instrumento, como se diz, não chega a sair da cama.

Em segundo lugar, vocês não estão dando muita importância à vontade e ao cálculo? Aliás, a esse respeito, eu me lembro sempre das palavras – um tanto cínicas, mas até que justas – de um general russo que, certa vez, disse sobre os alemães: "É mesmo uma pena que eles calculem com tanto brilho, enquanto nós, o que fazemos é preparar para eles uma boa gaiatice, tão boa que não vão ter tempo de entender." E, realmente, senhores, não se pode deixar de contar com isso.

–Com uma gaiatice?

–Sim, gaiatice, podem achar que é apenas isso, mas aí também se pode ver o que é a bravura de um povo jovem e vigoroso.

–Bem, meu velho, já ouvimos essa conversa: já estamos fartos dessas histórias de imenso vigor, de juventude milenar...

–Ora essa! Também estou farto de vocês com esse ferro alemão: e o conde é de ferro,[1] e a vontade é de ferro, e vão nos engolir... Pois que engulam e arrebentem com todo o seu ferro! O que é que há com vocês? Será que endoideceram? São de ferro, pois muito bem, que o sejam! Nós somos outra coisa, somos uma massa simples, mole, crua... Uma massa mal assada, se quiserem. Devem lembrar, porém, que não há machado

---

[1]Referência ao político prussiano – primeiro-ministro da Prússia e chanceler do Império Alemão – Otto von Bismarck (1815 - 1898), alcunhado *o chanceler de ferro*. Bismarck foi artífice da política conservadora e militarista que conduziu a Alemanha à unificação político-administrativa, oficializada em 1871.

que quebre uma porção de massa. O mais provável é que, nessa tentativa, fique perdido por lá o machado.

—Ah, sim, o senhor fala daquela velha crença, a de que posamos de valentes para todo mundo?

—Não, longe disso; eu não falo daquela velha crença. Também não me importo com essas fanfarronices, nem com esses seus temores; falo da natureza das coisas, isso, sim; de como as vi, de como as conheço e do que realmente acontece quando o ferro alemão se encontra com a massa russa.

—Certo, deve ser um desses pequenos casos de onde se tiram as mais amplas conclusões.

—Sim, o caso e a conclusão... Para ser franco, não sou capaz de compreender: por que se opõem às conclusões? Ao meu ver, não é mais tolo que vocês, meus amigos, aquele inglês que, ao terminar de ouvir a história de *Almas mortas*, de Gógol, exclamou: "Oh, este povo é insuperável." – E por quê? – Perguntaram. Ele ficou surpreso, mas não demorou pra responder: "Ninguém pode esperar vencer um povo assim, do qual pode surgir um canalha como Tchítchikov".[2]

---

[2] Pável Ivánovitch Tchítchikov, personagem central do romance de Gógol, é um funcionário público afastado por corrupção que viaja pelo interior da Rússia comprando *almas mortas* – servos mortos de fato, mas que ainda figuram nas estatísticas oficiais – com o fim de hipotecá-las ao governo.

Sem querer, caímos na risada; depois observamos a Vótchniev que era muito estranha essa maneira que ele tinha de elogiar os compatriotas, mas ele torceu a cara mais uma vez e respondeu:

—Me desculpem, mas com essa mente estreita dos senhores, chega a ser difícil manter uma conversa. Eu exponho uma coisa simples e já logo procuram uma tendência, uma conclusão geral. Está na hora de começarem a abandonar essa vilania e aprenderem a encarar as coisas com simplicidade. Ora, eu nem enalteço, nem reprovo meus compatriotas, o que estou dizendo é que saberão se defender, seja com a inteligência, seja com a gaiatice, eles não se deixarão ofender; agora, se ainda não compreenderam, mas quiserem saber como essas coisas podem acontecer, posso contar um caso a respeito de uma vontade de ferro.

—Comprida a história, Fiodor Afanássitch?[3]

—Não, não é comprida; pelo contrário, é pequena. Tão pequena que é possível começar agora e terminar de contá-la ainda durante o chá.

—Então vamos; uma história curta é sempre possível ouvir, até mesmo se for sobre alemães.

—Façamos silêncio; a história vai começar.

---

[3] Forma contraída do patronímico *Afanássievitch*.

2

Logo após a Guerra da Crimeia[4] (não sou culpado, senhores, de que, entre nós, todas as novas histórias tenham seu início por essa época), fui contagiado por uma heresia, que então era moda, pelo que me condenei depois mais de uma vez: larguei o serviço público, no qual havia promissoramente começado, e fui trabalhar numa das companhias comerciais recentemente criadas. Ela, na verdade, já faliu há muito tempo e sua lembrança desapareceu sem grandes rumores. Com o serviço privado eu esperava conseguir um meio de subsistência "honesto" e independência dos caprichos da chefia e das surpresas que ameaçam todo servidor, como a de ser dispensado sem explicação alguma com base num regulamento bem conhecido. Em suma, eu pensei ter-me arrebatado para a liberdade, como se ela começasse além dos portões do edifício da administração; mas não é disso que a história trata.

Os proprietários do negócio onde me empreguei eram ingleses: eram dois, ambos casados, com famílias numerosas. Um tocava flauta, o outro – violoncelo. Era gente muito boa, os dois eram muito práticos. O que deduzo pelo fato de

---

[4] A Guerra da Crimeia (1853 – 1856) se deu na península da Crimeia e na região dos Bálcãs, entre o Império Russo e a coalizão integrada pelo Reino Unido, a França, o Reino da Sardenha e o Império Otomano, por conflito de interesses desses países na região dos Bálcãs e no Oriente Médio.

que, tendo-se arruinado completamente em seus negócios, compreenderam que a Rússia tem suas peculiaridades, com as quais não se pode deixar de contar. Então, eles tocaram o negócio à simples maneira russa e mais uma vez enriqueceram, inteiramente à inglesa. Mas ao tempo em que começa meu relato eram ainda inexperientes, ou, como dizemos, "crus", e com uma presunção muito tola gastaram todo o capital trazido para cá.

Nossas atividades eram múltiplas e complexas: lavrávamos a terra, plantávamos beterraba, cuidávamos da destilação do álcool e da produção do açúcar, serrávamos madeira, fazíamos aduelas, cortávamos tacos e produzíamos salitre – em suma, queríamos explorar todas as coisas possivelmente exploráveis que a terra oferecesse. Pegávamos tudo isso de uma vez e o nosso trabalho fervia: escavávamos a terra, erguíamos muros de pedra, carregávamos canos monumentais e contratávamos pessoas de toda sorte, aliás, cada vez mais predominavam os estrangeiros. Dos russos de primeira categoria, em termos econômicos, eu era o único – e isso porque na lista das minhas obrigações havia a tarefa de andar por todos os setores, no que eu, naturalmente, era mais versado que os estrangeiros. Estes, em compensação, organizaram entre nós uma verdadeira colônia. Os proprietários construíram dependências para morarmos, que eram bastante monótonas, mas até que eram bonitas e confortáveis; nós então nos alojamos naqueles bangalôs no entorno da antiga casa senhorial, ocupada pelos patrões.

A casa fora construída com diversas extravagâncias, e, era tão grande e espaçosa que podia abrigar, com folga e todo o conforto, até duas famílias inglesas. Numa cúpula semicircular, no alto, sobre a casa, havia uma harpa eólica, da qual, aliás, há muito haviam sido arrancadas as cordas, e embaixo dessa mesma cúpula – um gigantesco salão para concertos, onde antigamente distinguiam-se músicos e cantores cativos, mas que foram vendidos um a um pelo último proprietário, quando se tornaram mais verossímeis os boatos sobre a emancipação.[5] Nesse salão, meus senhores, os ingleses, ofereciam quartetos de Haydn[6], para o que se reuniam como público todos os funcionários, inclusive os auxiliares, escreventes e contadores.

Isto era feito com o fim de "requintar o gosto", só que esse fim andou longe de ser alcançado porque os quartetos clássicos de Haydn não agradavam à gente simples e até lhes causava tédio. Eles se queixaram a mim, sinceramente, que "para eles não há nada pior do que ouvir essa

---

[5] A Emancipação dos Servos, ocorrida em 1861, foi a primeira e mais importante das reformas liberais implementadas pelo tsar Alexandre II. Em termos formais, marca o fim da dependência servil a que era submetido o campesinato russo.

[6] Franz Joseph Haydn (1732 – 1809), compositor austríaco do período clássico.

porcaria", no entanto ouviam essa "porcaria" mesmo assim, até que o destino enviasse a todos um outro passatempo, mais divertido, o que aconteceu com a chegada de um novo colono da Alemanha, o engenheiro Hugo Kárlovitch Pektoralis. Ele chegou até nós vindo da cidadezinha de Doberan, que fica às margens do lago Plauer, em Meklemburgo-Shwerin,[7] e sua chegada, por si só, tinha já seu interesse.

Como o herói de minha história é Hugo Pektoralis, entrarei em alguns detalhes sobre ele.

3

Pektoralis foi despachado para a Rússia juntamente com algumas máquinas que o encarregaram de trazer, instalar, pôr em funcionamento e tomar conta. Por que nossos ingleses escolheram esse alemão e não um conterrâneo, e por que encomendaram eles próprios as máquinas na pequena cidade de Doberan, na realidade, eu não sei. Ao que parece, um dos ingleses deve ter visto as máquinas da fábrica alemã em algum lugar e, encantando-se com elas, desatendeu a certas exigências do patriotismo. Mas como o bolso não tem escrúpulos, faz valer seus direitos mesmo

---

[7] O Grão-Ducado de Mecklemburgo-Schwerin situava-se ao norte da Alemanha e compreendia a maior parte do atual território do estado federal alemão Mecklemburgo-Pomerânia Ocidental, onde se encontra a cidade de Bad Doberan.

entre patriotas ingleses. Aliás, me detenham, por favor, senão me perco em tagarelices.

As máquinas se destinavam a um moinho a vapor e a uma serraria, cujas instalações já haviam sido construídas. Tínhamos muita pressa em receber tanto o equipamento quanto o engenheiro; o fabricante nos informou que as máquinas vinham a São Petersburgo por mar com os últimos fretes. Sobre o engenheiro, que deveria, de acordo com nossa solicitação, chegar antes das máquinas, a fim de que fizesse em função delas os ajustes necessários nas construções, escreveram-nos informando que seria enviado sem demora; que se chamava Hugo Pektoralis; que era especialista em sua área e tinha vontade de ferro para fazer tudo o que tomasse por obrigação.

Eu estava então em São Petersburgo a cargo dos negócios da companhia e calhou-me a incumbência de receber as máquinas na alfândega e mandá-las para o nosso fim de mundo, além de também trazer comigo Hugo Pektoralis, que devia chegar muito em breve e aparecer na "Casa de Sarepta", Asmus Simonsen & Cia. – mais conhecida entre nós como "Casa da Mostarda".[8] Porém, no envio dessas máquinas com o engenheiro ocorreu algum *qui pro quo*: as máqui-

---

[8] *Dom saréptskogo óbchestva*, Casa da Sociedade de Sarepta, sede pertersburguesa da sociedade da seita cristã Irmandade Moraviana até 1892 (ver nota 25). No local, também funcionou a companhia comercial moraviana *Asmus Simonsen & Cia.*

nas atrasaram e chegaram bem tarde, já o engenheiro antecipou-se à nossa espera e chegou a Petersburgo antes da hora. Assim que cheguei à "Casa da Mostarda" para comunicar meu endereço ao aguardado Pektoralis, me disseram que havia partido fazia uma semana.

Esse acontecido, desagradável para mim e cheio de riscos para Pektoralis, deu-se no fim de outubro, que naquele ano, como se fosse por azar, foi especialmente chuvoso e torturante. Ainda não havia neve nem geada, mas caía uma chuvarada, seguida de um espesso nevoeiro; os ventos do norte sopravam de tal modo que pareciam querer arrancar a medula dos ossos, o lamaçal por toda parte era tanto, que podem imaginar o estado infernal em que deviam estar as estradas reais de terra batida. Era mesmo pavorosa, – assim me parecia, – a situação do estrangeiro, que se precipitara e partira sozinho para uma viagem tão longa e, além do mais, sem conhecer nossas estradas, nosso regulamento; eu imaginava algo verdadeiramente terrível, e as minhas suposições não estavam equivocadas. A realidade até superou minhas expectativas.

Eu me informei na Casa da Mostarda se o recém-chegado Pektoralis dominava ao menos um pouco a língua russa – recebi uma resposta negativa. Além de não falar, Pektoralis não entendia uma palavra russa sequer. À minha pergunta, se ele teria dinheiro suficiente, responderam que lhe deram passagem e ajuda de custo para dez dias e que ele não tinha exigido nada além disso.

O caso se complicava ainda mais. Considerando o meio de transporte de então, os cavalos de posta com suas incessantes paradas – Pektoralis podia ter se atolado em algum lugar e, temia eu, chegado ao ponto de pedir esmolas.

–Por que não o detiveram? Por que não o convenceram a pelo menos esperar um companheiro para a viagem? – Queixei-me na Casa da Mostarda, mas contestaram que o persuadiram e lhe apresentaram todas as dificuldades do caminho; ele, porém, manteve-se firme em sua decisão, disse que deu sua palavra de ir sem parar – e assim foi; ele não temia nenhuma dificuldade porque tinha uma *vontade de ferro*.

Com grande apreensão escrevi para os patrões relatando tudo como acontecera e solicitando que tomassem todas as medidas que deles dependessem para prevenir as desventuras que poderiam ocorrer ao pobre viajante; mas, ao escrever sobre isso, para falar a verdade, nem eu mesmo sabia ao certo o que fazer para atalhar Pektoralis na estrada e conduzi-lo ao destino sob a guarda de um acompanhante de confiança. Eu mesmo, por essa época, não podia de forma alguma deixar São Petersburgo, pois tarefas muito importantes me prendiam na cidade, além disso, ele já tinha partido há tanto tempo que dificilmente eu poderia alcançá-lo. E, se tivessem enviado alguém para ir de encontro a essa vontade de ferro, quem iria garantir que o mensageiro, ao encontrar Pektoralis, seria capaz de reconhecê-lo?

Eu então pensava que, encontrando Pektoralis, fosse possível não reconhecê-lo. Isso aconteceu, naturalmente, porque os alemães aos quais perguntei por ele não souberam transmitir suas características. Ditos minuciosos, neste caso foram medíocres; deram-me somente, por assim dizer, os dados mais genéricos; dados que podiam tranquilamente ser de qualquer um. Segundo suas palavras, Pektoralis era um jovem entre vinte e oito e trinta anos, de estatura um pouco acima da média, magro, moreno, de olhos acinzentados e uma expressão firme e alegre. Acreditava que aí não houvesse nada assim, pelo que, encontrando-se uma pessoa, fosse possível reconhecê-la no ato. O que de mais relevante dessa descrição pude reter na memória foi "uma expressão firme e alegre"; mas quem dentre a gente simples seria tão bom observador de expressões ao ponto de reparar nele e disparar: "espere aí, irmão, você, por acaso, não é Pektoralis?" E, por fim, essa expressão podia muito bem ter variado, esmorecido um bocado e arrefecido na umidade e no frio de rachar do outono russo.

Ocorria que, além do que eu tinha escrito em favor desse esquisitão, nada mais podia fazer por ele e, querendo ou não, fiquei conformado com isso. E, tendo recebido de repente uma ordem inesperada de viajar para o sul, nem mesmo tive tempo de pensar em Pektoralis. Nesse intervalo, transcorreu-se outubro e a metade de novembro; nas minhas ininterruptas viagens, nunca ouvi falar do alemão; comecei a retornar para casa somente no fim de novembro, depois de passar por muitas cidades.

O clima já havia mudado significativamente: cessaram as chuvas e começara um tempo frio e seco, durante todo o dia pairava uma neve áspera e fininha.

Em Vladímir,[9] reencontrei o *tarantás*[10] que lá havia abandonado, mas que ainda me podia ser útil. Como é mais confortável viajar em carruagens do que em trenós, peguei a estrada na minha diligência.

De Vladímir, ainda me restavam cerca de mil verstas de estrada; distância que esperava ter conseguido cobrir nuns seis dias, mas os terríveis solavancos me extenuaram tanto que tive de fazer muitas pausas, indo bem mais devagar. No quinto dia, ao anoitecer, cheguei com muito custo a Vassílev-Maidán[11] e lá me ocorreu o mais inesperado e até mesmo inverossímil dos encontros.

---

[9] Antiga cidade localizada a 180 quilômetros a leste de Moscou.

[10] Veículo de quatro rodas, de tração animal, para transporte de passageiros.

[11] Aldeia na região de Níjnii Nóvgorod, localizada a 555 quilômetros a leste de Moscou.

Não sei como é agora, mas na época, Vassílev-Maidán era uma estação fria e desolada num campo aberto. Era uma casa feia, de aparência inóspita e grosseira, revestida com tábuas finas, com duas colunas na entrada; e, na verdade, pelo que eu tinha ouvido dizer, aquela casa era bastante fria; mas meu cansaço era tanto que, apesar de tudo, resolvi passar a noite por lá.

Ainda que, pelo cintilar de uma luzinha nas janelas do quarto dos passageiros,[12] eu tivesse percebido que já havia alguém ali instalado para o pernoite, era firme a minha decisão de tirar uma folga, e, por conta disso, fui premiado com a mais agradável surpresa.

–Encontrou Pektoralis por lá? – algum impaciente interrompeu o narrador.

–Tenha ou não encontrado alguém por lá, não importa – respondeu – peço que esperem até que eu mesmo lhes conte e que não me interrompam.

–Mas e se interessar saber?

–Tanto melhor, assim, podem tentar escrever esta história e oferecer como folhetim a algum jornal importante. Como agora está na moda a questão da vontade alemã e da nossa apatia, podemos, assim, proporcionar uma leitura que desperte interesse.

---

[12] As estações de posta, além de estarem a serviço dos correios, eram pontos de muda de cavalo nas estradas. Geralmente possuíam estalagem e restaurante para os viajantes. O *chefe da estação* era seu encarregado.

4

Depois de ordenar ao meu criado que trouxesse a manta e o casaco para dentro, além de outras coisas que seriam indispensáveis, pedi ao postilhão que estacionasse o *tarantás* no pátio, enquanto eu, às apalpadelas, atravessei o vasto salão escuro e, em busca da porta, comecei a tatear. Encontrando-a, depois de penar um bocado, comecei a puxá-la, mas o portal estava tão inchado, que não dava nem sinal de que iria ceder. Não fosse a ajuda, aliás, muito oportuna, da boa mão de alguém ou, melhor dizendo, do bom pé – porque a porta me foi aberta com o empurrão de um pé pelo lado de dentro – apenas as minhas forças não teriam sido capazes de abri-la, por mais que a tivesse puxado. Mal tive tempo de dar um pulo para trás antes de ver, diante de mim, na soleira, uma pessoa com um chapéu cilíndrico do tipo citadino comum, uma capa de oleado larguíssima e um guarda-chuva dos grandes, que pendia da capa, preso por um cordão ao botão do colarinho.

Não distingui o rosto do desconhecido no primeiro instante, mas, confesso, por pouco não o xinguei por quase ter me derrubado ao empurrar a porta com o pé. Mas o que me espantou e me forçou a prestar atenção nele foi não ter saído pela porta que abriu, como eu podia esperar; ele, ao contrário, voltou para trás e muito bem tranquilo começou a andar de um canto a outro daquele quarto asqueroso, vazio e mal iluminado por uma vela de sebo, já bastante derretida.

Eu me aproximei e perguntei se ele não sabia onde é que naquela estação ficava o chefe ou qualquer outra criatura viva.

—"*Ich verstehe gar nichts Russisch*"[13] – respondeu o desconhecido.

Comecei a falar com ele em alemão.

Ele, visivelmente alegre por ter ouvido os sons de sua língua materna, respondeu que o chefe não estava, que ele esteve, mas já fazia tempo que havia saído para algum lugar.

—O senhor, certamente, espera por cavalos?

—Oh, sim, espero por cavalos.

—E será que não há cavalos?

—Não sei. De qualquer maneira, não me darão.

—Mas o senhor perguntou?

—Não. Eu não sei falar russo.

—Nenhuma palavra?

—Sei, "pode", "não pode", "viagem", "passagem"... – balbuciou ele, despejando, pelo visto, todo o seu vocabulário.[14] – Se disserem

---

[13] Em alemão, no original: "Não entendo nada em russo".

[14] Em russo, rimam as quatro palavras – *mójno, niemójno, tamójno, podrójno* – e traduzem-se, as duas primeiras, literalmente: "pode", "não pode", embora a segunda não exista formalmente; a terceira e a quarta representam corruptelas: a primeira de *tamójnia* – aduana, a segunda de *podorójnaia* – espécie de bilhete antecipadamente pago que dava direito ao transporte nos cavalos de posta.

"pode" – eu vou, "não pode" – não vou, "passagem" – eu entrego a passagem e pronto.

Deus meu! – pensei comigo – Eis um excêntrico! E comecei a examiná-lo... Mas que trajes! ... As botas eram comuns, mas de dentro dos canos saiam meias de lã vermelhas, compridíssimas, que cobriam suas pernas até acima dos joelhos e eram presas lá pelo meio das coxas por ligas femininas azuis. Descia por debaixo do colete sobre a barriga uma malha de lã penteada, vermelha; por cima do colete via-se um casaco de tecido cinza com enfeites verdes, e, por cima de tudo isso, uma capa de oleado, inteiramente inadequada para a estação, com um guarda-chuva pendurado nela, preso ao botão do colarinho, bem junto ao pescoço.

Toda a bagagem do viajante consistia de um pequeno pacote cilíndrico coberto com o mesmo tecido de oleado. O pacote estava em cima de uma mesa; sobre ele havia um bloco de notas bastante simples e nada mais.

–É surpreendente! – exclamei; e por pouco não lhe perguntei: "Mas será possível que você viaje assim?" – Mas, cuidando logo de não cometer essa gafe, me dirigi ao encarregado, que entrava naquele instante, e pedi que me desse o samovar e acendesse a lareira.

O forasteiro continuava de um lado para outro, mas depois que viu trazerem lenha para queimar na lareira, de repente animou-se de um modo indescritível e pronunciou: "Ah, então "pode", pois eu estou aqui há três dias e por três dias mostrei a todos com o dedo a lareira e a mim respondiam sempre "não pode".

–Como assim, já está aqui há três dias?

–Oh, sim, há três dias – respondeu calmamente. – O que tem isso?

–Mas por que está parado aqui há três dias?

–Não sei, eu sempre paro assim.

–Como assim? Sempre? Em toda estação?

–Oh, sim, infalivelmente; desde que saí de Moscou, em toda parte paro assim, depois parto novamente.

–Em cada estação o senhor fica três dias?

–Oh, sim, três dias... Aliás, perdoe-me, numa delas eu fiquei por apenas dois dias; tenho isso anotado; mas, em compensação, fiquei quatro dias em outra; isso também está anotado.

–E o que o senhor faz nas estações?

–Nada.

–Me desculpe... mas não estaria observando os costumes e fazendo anotações?

À época, isso andava na moda.

–Sim, observo o que fazem comigo.

–E por que permite que façam tudo com o senhor?

–Ora... o que fazer?... O senhor está vendo, eu não sei falar russo, por isso devo me submeter a todos. Tenho isso como regra; mas só que depois...

–O que vai ser depois?

—Submeterei a todos.
—É mesmo?!
—Oh, sim; com absoluta certeza!
—Mas como pôde pegar uma estrada dessas sem conhecer a língua?
—Oh, era absolutamente necessário; tínhamos essa condição, de que eu fosse sem parar, – então eu vou sem parar. Sou o tipo de pessoa que cumpre rigorosamente o que promete, – respondeu o desconhecido – e, com isso, o rosto dele, que eu ainda não havia discernido, súbito adquiriu uma "expressão alegre e firme".

"Meu Deus, que sujeito esquisito!" – pensei comigo; e disse: – O senhor me desculpe, por favor, mas por acaso ir assim, como está indo, significa mesmo "ir sem parar"?

—E como não? Eu vou toda a vida; assim que me dizem "pode", vou na hora; é por isso que nem mesmo tiro a roupa, como o senhor pode ver. Oh, faz muito tempo, mas muito tempo mesmo que não tiro a roupa.

"Deve estar limpinho, meu caro!" – pensei comigo – E disse a ele:

—Mais uma vez, me perdoe, mas a mim parece muito estranha sua maneira de se organizar.

—Como disse?

—Teria sido melhor procurar em Moscou um companheiro russo para a viagem, com o qual viajaria bem mais rápido e com tranquilidade.

—Para isso teria sido necessário parar.

–Mas o senhor compensaria essa parada bem depressa.

–Decidi e dei minha palavra de não parar.

–Mas de acordo com suas próprias palavras, o senhor para em cada estação.

–Oh, sim, mas não é porque quero.

–Pois bem, para que isso então? E como pode suportá-lo?

–Oh, posso suportar tudo porque tenho uma vontade de ferro!

–Deus meu! – exclamei – O senhor tem uma vontade de ferro?

–Sim, tenho uma vontade de ferro; tanto meu pai quanto meu avô tinham uma vontade assim; então, também a tenho.

–Vontade de ferro! ... o senhor é certamente de Doberan, que fica em Meklemburgo?

Ele me olhou surpreso e respondeu:

–Sim, sou de Doberan.

–E está indo para as fábricas em R.?

–Sim, vou para lá.

–Chama-se Hugo Pektoralis?

–Oh, sim, sim! Sou o engenheiro Hugo Pektoralis; mas como soube?

Não pude me conter, dei um salto e abracei Pektoralis como a um velho amigo, levei-o até o samovar, aqueci-o com um ponche e disse-lhe que o reconheci por sua vontade de ferro.

–É verdade! – exclamou, chegando a um êxtase indescritível – E, depois de levantar as mãos para o alto, pronunciou: – Ó meu pai, ó meu *Großvater*![15] Estão ouvindo isso? Estão contentes com seu Hugo?

–Devem seguramente estar contentes com o senhor – respondi –, mas sente logo à mesa e tome o chá pra se aquecer. Só o diabo é que sabe o frio que o senhor deve estar sentindo!

–Sim, estou congelado; ah, como está frio! Eu anotei tudo isso.

–E sua roupa não está nada adequada; ela não aquece.

–Isso é verdade, ela não aquece nadinha; nada além das meias; mas minha vontade é de ferro; e o senhor está vendo como é bom ter uma vontade de ferro.

–Não, – disse eu – não vejo.

–Como não vê? Eu era conhecido antes mesmo de chegar; cumpri minha palavra e estou vivo, posso morrer pleno de respeito por si, sem fraqueza alguma.

–O senhor me perdoe por querer saber, mas a quem deu essa palavra de que tanto fala?

Ele agitou largamente a mão direita com o dedo em riste – e, trazendo-o lentamente ao peito, respondeu:

–A mim mesmo.

–A si?! Pois, permita-me fazer-lhe uma observação: isso é quase uma obstinação.

–Oh, não! Não é obstinação.

---

[15] Em alemão, no original: "avô".

–As promessas devem ser feitas conforme a razão, mas cumpridas conforme as circunstâncias.

O alemão fez uma careta meio depreciativa e disse que não considerava esse princípio; que tudo o que uma vez tivesse dito a si, deveria ser cumprido; que só assim se adquire uma verdadeira vontade de ferro.

–Ser o senhor de si e depois me tornar o senhor de outros – eis o que tem de ser, o que desejo e vou perseguir.

"Bem, – pensei – meu irmão, você parece ter vindo para cá nos surpreender; cuide só para que não seja você a ter surpresas conosco!"

5

Pektoralis e eu pernoitamos em companhia um do outro, mas passamos quase toda a noite sem dormir. O alemão, que estava congelado, meteu-se numa poltrona que ficava diante da lareira e não queria se afastar por nada daquela parte aquecida; ele se coçava todo, feito um *poodle* pulguento, fazendo a poltrona em baixo dele se mover incessantemente, despertando-me a todo instante com o barulho. Mais de uma vez o persuadi a passar para o divã, mas ele se recusava terminantemente. Acordamos de manhã cedo, tomamos chá e partimos. Na primeira cidade, enviei-o com meu criado à procura de um banho; pedi que o lavassem direitinho e vestissem nele roupas limpas; desde então, viajamos sem pausas, e ele parou de se coçar. Também retirei de Pektoralis sua capa de oleado, envolvi-o num casaco de pele de carneiro que meu criado tinha como sobressalente, e ele aí se aqueceu, tornando-se extraordinariamente vivo e loquaz. Durante sua morosa viagem, ele não só passara muito frio, mas também muita fome, porque tinha sido insuficiente o soldo que lhe deram, além disso, uma parte ele enviara logo de início a sua Doberan, e por pouco não acabou tendo de se alimentar apenas de sua vontade de ferro o restante do tempo. Em contrapartida, fizera uma boa quantidade de observações e anotações não inteiramente despidas de originalidade. O tempo todo saltava aos olhos dele aquilo que na Rússia ainda não havia sido tomado por ninguém, mas que poderia ser conquistado com habilidade, persistência e, o essencial, com *vontade de ferro*.

Eu estava muito satisfeito com ele, tanto por mim quanto por todos os moradores da nossa colônia, aos quais eu esperava levar uma bela diversão com esse tipo original, que imaginava realizar na Rússia grandes conquistas com o auxílio de sua vontade de ferro.

O que conquistará, os senhores verão com o desenrolar de nossa história; agora, vamos por ordem.

Em primeiro lugar, Pektoralis revelou-se um engenheiro excelente; não genial, é claro, mas experiente, habilidoso e competente. Graças à sua solidez e persistência, o trabalho a que tinha sido designado começou magnificamente, apesar dos muitos e inesperados obstáculos. Nas máquinas que veio instalar havia muitas peças de fabricação grosseira, com material de má qualidade. Não havia tempo de escrever exigindo peças novas porque as usinas esperavam a moagem do trigo, assim, muitas soluções foram encontradas pelo próprio Pektoralis. As peças foram então fundidas com muita dificuldade numa metalurgicazinha sem importância e muito ruim que se encontrava na cidade e pertencia a um pequeno burguês preguiçoso, chamado Safrônytch. De todo modo, Pektoralis as rematou, trabalhando ele próprio no torno mecânico. Dar jeito em tudo aquilo não seria mesmo possível sem o auxílio de uma vontade de ferro. Seus serviços foram notados e recompensados com um acréscimo ao seu ordenado, que subiria para mil e quinhentos rublos por ano.

Quando lhe informei sobre esse acréscimo, ele agradeceu dignamente e, sem demora, sentou-se à mesa e começou a calcular, em seguida fixou os olhos no teto e disse:

"Quer dizer que, sem mudar minha decisão, isso reduz o prazo exatamente em um ano e onze meses".

–O que está calculando?
–Estou somando... é um assunto particular.
–Ah, me perdoe a indiscrição.

—Oh, não, não foi nada. Tenho certas expectativas que dependem da obtenção de certos recursos.

—E esse aumento sobre o qual lhe informei evidentemente reduz o prazo de espera?

—O senhor adivinhou: reduz exatamente em um ano e onze meses. Devo agora escrever para a Alemanha a esse respeito. Por favor, quando vão ao correio da cidade?

—Hoje.

—Hoje? É uma pena! Não terei tempo de descrever devidamente tudo.

—Mas que disparate! – disse eu – É necessário tanto tempo assim para informar sobre o assunto ao seu sócio ou fiador?

—Fiador? – repetiu ele a seguir e, depois de rir, acrescentou: – Ah, se o senhor soubesse que fiador é esse!

—Ora! Certamente um desses formalistas secos.

—Pois, não é! É uma jovem e bela moça.

—Moça?! Aha, Hugo Kárlytch,[16] que pecadilhos o senhor esconde!

—Pecadilhos?! – replicou; e depois de menear a cabeça, acrescentou: – Nunca tive, não tenho e não é possível que eu venha a ter algum pecadilho. É um assunto muito importante, sério e ponderado, que só depende de que eu tenha três mil táleres. Aí então o senhor me verá...

---

[16] Forma contraída do patronímico *Kárlovitch*.

—No auge da felicidade?

—Bem, não ainda. Não exatamente no auge, mas perto. No auge da felicidade só posso estar quando tiver dez mil táleres.

—Não significaria tudo isso, simplesmente, que o senhor pretende se casar e que, na sua Doberan ou em algum lugar por perto, há uma donzela bela e meiga que tem uma pequena parte de sua vontade de ferro?

—Exatamente, exatamente. O senhor acertou em cheio!

—E como pessoas de vontade firme que são, deram um ao outro a palavra de adiar o matrimônio até o momento em que o senhor disponha de três mil táleres?

—Justamente! O senhor adivinha magnificamente.

—Não é difícil adivinhar algo assim! – disse eu.

—Mas, considerando o seu caráter russo, algo assim é concebível?

—Bem, sobre nosso caráter russo, o que dizem é que não merecemos sentar à mesa de chá com gente nobre, porque não sabemos nos portar com nobreza.

—Mas isso que o senhor adivinhou, – disse – ainda não é tudo.

—E o que mais pode ser?

—Oh, é uma prática importante, uma prática muito, mas muito importante, em favor da qual me mantenho com todo o rigor.

"Mantenha-se, meu irmão, – pensei – mantenha-se!..." E saí enquanto ele escrevia a carta para sua noiva distante.

Depois de uma hora ele apareceu com a carta e pediu para enviá-la; ficando comigo a tomar chá, foi extraordinariamente loquaz, deixando-se levar pelos sonhos para além do horizonte. E continuou a sonhar e sonhar, depois sorria como se divisasse "bilhões no nevoeiro". O gaiato estava tão feliz que era até desagradável olhar para ele, deu vontade de alfinetá-lo de alguma maneira para que lhe doesse um pouco. Sem resistir à tentação, quando Hugo me abraçou sem mais nem menos pelos ombros e perguntou se eu poderia imaginar o que resultaria de uma mulher muito firme unida a um homem muito firme.

–Posso. – respondi a ele:
–O que pensa, exatamente?
–Penso que talvez não resulte nada.
Pektoralis arregalou os olhos e perguntou:
–Como pode saber disso?

Tive pena dele e respondi que estava apenas brincando.

–Oh, o senhor estava brincando, mas isso não é nem de longe uma brincadeira, pois pode realmente acontecer dessa maneira. Este é um assunto muito, muito importante, para o qual é necessária toda a vontade de ferro.

"Pro diabo que o carregue! – pensei – Não vou ficar aqui adivinhando seus enigmas ..."

– E tanto faz, porque mesmo que quisesse eu não adivinharia.

6

Enquanto isso, a vontade de ferro de Pektoralis, que não faltava com sua valorosa contribuição toda vez que ele necessitava de perseverança, prometendo sempre exercer importante papel em sua vida, para nós, de acordo com nossa simplicidade russa, não passava de uma galhofa, um divertimento. E o que mais surpreendia, era preciso reconhecer, é que de maneira alguma podia ser diferente; tal era a forma que as coisas haviam tomado.

De uma obstinação desmesurada, Pektoralis era teimoso, insistente e inflexível em tudo, tanto em ninharias, quanto em coisas graúdas. Dedicava-se à própria vontade como outros se dedicam à ginástica para desenvolver as forças, e dedicava-se de modo sistemático e permanente, como se nisso consistisse sua vocação. Importantes vitórias alcançadas sobre si o fizeram irrefletidamente presunçoso; isso, ora o colocava em situações extremamente lastimáveis, ora noutras incrivelmente cômicas. Assim, por exemplo, apoiado em sua vontade de ferro, aprendeu a língua russa muito rapidamente e, do ponto de vista gramatical, de maneira bastante correta; mas, antes de poder assimilar por completo a nossa língua, já começava a padecer por causa dela, –

isso se devia, em grande medida, à sua vontade de ferro – e padeceu intensa e dolorosamente, ao ponto mesmo de prejudicar o organismo, o que mais tarde redundou em sérias consequências.

Pektoralis deu a si a palavra de que iria aprender corretamente a língua russa em meio ano e começar a falar de súbito, num dia que iria determinar. Sabia que o modo como os alemães falam russo é ridículo, e ridículo ele não queria ser. Estudou sozinho, em segredo, sem auxílio de professor, de modo que nenhum de nós, em nenhum momento, de nada suspeitou. Antes do dia determinado, Pektoralis não pronunciara uma palavra russa sequer. Parecia mesmo ter esquecido até daquelas que sabia: *pode*, *não pode*, *viagem* e *passagem*; em compensação, numa bela manhã ele veio até mim e – se não de forma correta ou sem nenhuma dificuldade, ao menos com bastante clareza – disse:

–Olá! Como o senhor tem passado?

–Salve, Hugo Kárlovitch! – respondi – Pregou-nos uma peça, hein?!

–Pregou uma peça? – repetiu absorto, mas compreendeu logo em seguida: – Ah sim... é isso... é isso mesmo. E então, está admirado, hein?

–E como não se admirar? – respondi. O senhor começou a falar assim, de repente.

–Oh, isso teve de ser assim!

–Como "teve de ser assim"? Por acaso recebeu o dom das línguas?

Novamente absorto, disse, mais uma vez para si mesmo:

– "Dom das lindas..." – e ficou pensativo.

–Dom das *línguas* – insisti.[17]

No instante seguinte, Pektoralis compreendeu e me respondeu num russo excelente:

–Oh, não, não é dom, mas...

–É a sua vontade de ferro!

Pektoralis apontou dignamente o indicador para o peito e respondeu:

–É precisamente isso.

Em seguida me comunicou amistosamente que sempre teve a intenção de aprender o russo porque, embora tivesse notado que alguns de seus conterrâneos viviam na Rússia sem dominar a língua russa como deviam, isso, no entanto, só era admissível a servidores; como um profissional particular, ele devia proceder de outro modo.

–Sem isso – acrescentou – nada feito; sem isso não se consegue nada de bom; e além disso não quero ser enganado por ninguém.

Tive vontade de lhe dizer: "Chegará o momento, meu caro, em que será enganado", mas não quis lhe causar um desgosto. Que se alegrasse!

A partir desse dia, Pektoralis passou a falar em russo com todos os russos e, apesar de cometer erros e de haver casos em que o erro era de um

---

[17]No original, a confusão ocorre entre as palavras declinadas no genitivo plural *iazykóv* e *mujikóv*, que se traduzem, respectivamente, por "das línguas" e "dos mujiques".

jeito que chegava a dizer o que não queria, suportava pacientemente os desconfortos causados por isso, com toda a sua vontade de ferro, e por nada renunciava ao que havia dito. E aqui já começava a penalização de sua vaidosa arbitrariedade. O que aconteceu com Pektoralis é o que acontece com todos os que desejam obcecadamente proceder em tudo à sua maneira, deixando de perceber que assim acabam por se tornar escravos da opinião alheia. Receando parecer ridículo, ele acabava fazendo o que não queria, nem podia querer, mas por nada no mundo o confessava.

De toda maneira, isso logo fora notado, e o pobre Pektoralis tornou-se objeto de impiedosas gozações. Seus erros linguísticos ocorriam especialmente nas palavras com que devia responder depressa a alguma pergunta. Aí, acontecia de responder exatamente o oposto daquilo que queria. Perguntavam-lhe, por exemplo:

–Hugo Kárlovitch, o senhor deseja o chá mais fraco ou mais forte?

Sem compreender de imediato o que significavam as expressões "mais fraco" e "mais forte" respondia:

–Mais forte; oh sim, mais forte.

–Muito mais forte?

–Sim, muito mais forte.

–Ou o mais forte possível?

–Oh, sim, o mais forte possível.

Então serviam a ele um chá preto como alcatrão e perguntavam:

—Não estará forte demais?

Hugo via que estava muito forte, que aquilo não era, de modo algum, o que ele queria, mas isso sua vontade de ferro não lhe permitia admitir.

—Não, que nada – respondia e bebia seu terrível chá; e quando se admiravam de que ele, sendo alemão, pudesse tomar um chá tão forte, tinha a coragem de dizer que era assim mesmo que gostava.

—Mas, será possível que goste assim? – perguntavam a ele.

—Oh, gosto, sim; gosto ferozmente! – respondia Hugo.

—Pois, faz muito mal.

—Oh, não! Não faz mal algum.

—Sinceramente, parece que o senhor... assim...

—Assim o quê?

—Equivocou-se ao falar.

—Ora essa!

E, quando já não podia mais com o chá forte, aí é que afirmava gostar dele "ferozmente" – e tanto lhe serviram o chá, cada um mais forte que o outro, que aquela bebida, tão frequentemente consumida na Rússia, tornou-se um tormento para Hugo. Mas ele, em vez de recuar, endurecia ainda mais e tomava o pez que então fazia as vezes de chá; até que um belo dia foi acometido por um ataque de nervos.

O pobre alemão esteve acamado, imóvel e sem fala por uma semana; mas, ao recobrar a habilidade da fala, a primeira coisa que conseguiu dizer foi algo sobre sua vontade de ferro. Depois de seu restabelecimento, disse-me:

–Estou contente comigo mesmo. – confidenciou, apertando a minha mão com a sua, que estava bastante enfraquecida.

–O que o faz se alegrar tanto assim consigo mesmo?

–Não me traí. – foi o que disse, mas, a respeito do que exatamente se tratava essa firmeza de caráter que tanto o alegrava, ele silenciou.

Com isso, acabaram-se os suplícios com o chá. Ele não o bebeu mais, uma vez que, desde então, proibiram-lhe terminantemente de tomá-lo. Para defender sua reputação, só lhe restava lamentar fantasiosamente essa privação. Mas em compensação, daí a pouco, importunava-lhe uma história exatamente do mesmo tipo, então com a mostarda francesa *Diaphane*. Não me recordo com clareza, mas certamente, assim como no caso do chá, Hugo Kárlovitch ganhou fama de ser um amante apaixonado da mostarda *Diaphane*; assim, ela passou a fazer parte de todo prato que o infeliz comia, chegando a passá-la diretamente no pão, como manteiga; ele a elogiava, dizendo que era muito saborosa e que o apetecia ferozmente.

As experiências com a mostarda terminaram da mesma maneira que aquelas com o chá: Pektoralis por pouco não morreu de uma gastrite aguda, que, embora tenha sido interrompida, deixou sequelas por toda a vida do nosso pobre estoico, até o dia de sua tragicômica morte.

Nesse mesmo gênero, ocorreram com ele muitas outras histórias lamentáveis e ridículas. Não é possível recordar e relatar todas elas, mas em minha memória restaram três casos em que Hugo, penalizado por sua vontade de ferro, já não pôde mais dizer que com ele estavam a fazer precisamente aquilo que desejava.

Em seguida, veio a fase em que Pektoralis chegaria ao apogeu, e depois, cambaleando, iria de encontro ao pirigeu.

7

Essa nova fase começou no primeiro verão que Pektoralis passou conosco, mais exatamente, quando ele engenhou para si uma carruagem original. É preciso que saibam que de nossa fábrica até a cidade contava-se coisa de quarenta verstas, mas havia um atalho pela floresta que encurtava esse caminho quase à metade. Só que era uma vereda quase intransitável; por ela passavam apenas os camponeses em suas carruagens de duas rodas e, assim mesmo, com imensas dificuldades. Hugo desejava viajar com maior rapidez, sem os sacolejos das carruagens dos mujiques, então concebeu para si uma espécie de biga: era uma simples poltrona com coxim de mola, colocada num quadro fixado à dianteira de uma velha charrete. Era uma carruagem complicada, como se vê, e tinha uma tal aparência que a Pektoralis nela viajando os mujiques alcunharam de "deus mordoviano"; mas o pior de tudo era que a poltrona, privada de seu sossego doméstico, não queria por nada viajar. Ela não suportava os solavancos e a toda hora se desprendia do quadro, por isso, não raro acontecia de o cavalo ir sozinho para casa e o próprio Hugo só chegar muito tempo depois, após se arrastar por uma ou duas horas com a poltrona nas costas. Acontecia ainda pior: uma vez despencou com sua poltrona num pântano e, até que o puxassem para fora, ele esteve lá, atolado; por fim, levaram-no em estado deplorável para casa.

Hugo já não podia assegurar que era aquilo mesmo que queria, mas manter-se firme em sua obstinação, isso, sim, ele podia, e o fazia com uma persistência magnífica.

Outra história foi a seguinte: certa vez, um de nossos patrões arrastou Hugo todo ensopado diretamente de uma caçada para a mesa de chá, em volta da qual, toda a nossa colônia estava sentada, em reunião vespertina, que, aliás, estava muito agradável. Serviram-lhe um copo de água quente misturada com vinho tinto e perguntaram a ele como havia sido a caçada. Como era um bom caçador, não precisava mentir muito. Mas é claro que também aqui sua vontade de ferro teve um papel, e a história, que de início parecia inocente, resultou interessante e divertida. Escutávamos o narrador e ríamos muito; mas, para imenso desgosto de todos, a tranquilidade de nossa reunião foi interrompida de repente por um bando de vespas que apareceu na sala. Foi algo excepcionalmente estranho, impossível de se compreender: de onde teriam surgido? Ainda que as janelas da casa estivessem abertas, no pátio caía uma densa chuva de verão, de modo que aos terríveis insetos era impossível voar. De onde é que podiam, então, ter aparecido? As vespas brotavam da mesma maneira que brotam flores da cartola de um ilusionista; subiam pelas pernas da mesa, pousavam na toalha, nos pratos, e, por fim, pousaram nas costas de Hugo. Para completar, a jovem anfitriã levou uma picada bem dolorida.

Foi decididamente impossível levar adiante a reunião. Originou-se uma balbúrdia em que o nervosismo das damas e a obsequiosidade dos cavalheiros resultaram numa tremenda confusão. Empregaram as mais enérgicas medidas; todos começaram a se agitar – um batia nas vespas com o lenço, outro as perseguia abanando guardanapos, enquanto alguns outros tratavam de se esconder. Somente Hugo não tomou parte em todo esse rebuliço e correria – e sabia por quê… Só ele se manteve imóvel, de pé, junto à cadeira em que esteve sentado até aquele momento. Seu estado era lastimoso e ignóbil: o rosto estava coberto por uma palidez mortal, os lábios tremiam e suas mãos se torciam em cãibras; as costas da sobrecasaca, ainda úmida, estavam inteiramente cobertas de vespas.

—Santo Deus! — exclamamos, cercando-o por todos os lados — o senhor, Hugo Kárlovitch, está um verdadeiro ninho de vespas.

—Oh, não! — respondeu ele, mal articulando uma palavra após outra — Não sou eu que estou um ninho, mas, sim, tenho um ninho aqui comigo.

—Um ninho de vespas?!

—Sim; eu o achei, mas ele estava molhado, então, quis examiná-lo e o trouxe comigo.

—E, onde é que ele está agora?

—No meu bolso de trás.

—Ah, então é isso!

Arrancamos dele a sobrecasaca (já que as damas há muito haviam abandonado o perigoso recinto) e vimos que as costas do colete do pobre Hugo estavam completamente cobertas de vespas, que subiam até a parte de cima, se aqueciam, se endireitavam e se lançavam ao voo, enquanto do bolso não paravam de sair, uma após outra, formando assim um cordão interminável.

Antes de tudo, naturalmente, jogamos ao chão a sinistra sobrecasaca de Hugo e pisoteamos o vespeiro causador de todo o alvoroço. Depois pegamos o próprio Hugo, que estava já enfraquecido pelas muitas ferroadas, sem que, apesar disso, proferisse alguma queixa ou emitisse algum ruído. Depois de nos livrarmos das vespas que andavam por baixo de sua camisa, untamo-lo com azeite, como a uma salsicha, e, deitando-o num divã, cobrimo-lo com um lençol. Ele começou imediatamente a inchar e, pelo visto, padeceu insuportavelmente; mas quando um dos ingleses, apiedando-se dele, disse que era realmente uma pessoa de vontade de ferro, Hugo sorriu e, virando-se para nosso lado, disse em tom de reproche:

–Estou muito contente de que os senhores não tenham mais dúvidas quanto a isso.

Então o deixamos – a se deleitar com sua vontade de ferro – e não conversamos mais com ele. Todos riam muito dele, mas o infeliz sequer notava. Entretanto, uma nova história o aguardava pela frente.

8

Aqui, devo observar que Hugo, se não era avarento, era ao menos um poupador dos mais comedidos; mas, como o ojetivo que almejava era o rápido acúmulo dos três mil táleres de que estava precisando, na persecução desse objetivo, essa sua parcimônia, que era em tudo auxiliada por sua vontade de ferro, equivalia à mais insensata avareza. Ele renunciava decididamente a tudo que fosse possível renunciar: nunca trocava as roupas velhas por novas e, como não tinha serviçais, limpava as próprias botas. Mas, com uma coisa ele teve de gastar, algo de que necessitava para uma economia futura. Como lhe parecia caro viajar em cavalo alugado, decidiu adquirir seu próprio cavalo, mas não foi capaz de fazer isso de um jeito simples. Naquela região havia muitos haras, tanto grandes quanto pequenos, e, entre os proprietários, encontrava-se um tal de Dmitri Ierofêitch – fazendeiro mediano e criador de cavalos. E, justamente em matéria de cavalos, não havia no mundo um trapaceiro melhor que esse Dmitri Ierofêitch. Ele não trapaceava como um simples comerciante, um desses sujeitos áridos e prosaicos, longe disso, trapaceava como um artista. O que fazia era muito mais para ostentar, por fama e vanglória, do que para tirar proveito. Quanto mais o sujeito se fizesse passar por especialista, mais audacioso e descarado ficava Dmitri Ierofêitch na hora de trapacear. Quando calhava de encontrar um bom conhecedor de cavalos, ficava numa alegria indescritível: fazia cumprimentos, dizia que não podia haver nada mais agradável do que tratar com uma pessoa assim, que tudo compreendia. Por fim, para demonstrar que sua modéstia era infinita, em vez de cobrir o cavalo de elogios, fazia o contrário, falava dele com desdém:

–O rocim parece que é mais ou menos, nada de causar inveja... Não é, enfim, um tipo que se apresente em exposições. Aliás, ele está à mostra. O senhor mesmo pode examiná-lo.

Enquanto o especialista examinava o cavalo, Dmitri Ierofêitch ordenava ao moço de estrebaria:

—Não gire com ele! Não gire o bicho! Por que está girando com ele assim, como o demônio antes das matinas?[18] Não somos ciganos, ora. Aquiete-se aí e deixe que o patrão o examine. E aquela pata que estava doente, sarou?

—Onde estava doente? – perguntava o comprador.

—Na quartela havia alguma coisa.

—Não era neste aqui, Dmitri Ierofêitch – observava o moço.

—Ah, não era nesse? Bem, é possível, pois quem é capaz de se lembrar de todos? Examine, meu caro, para não se enganar. A mercadoria não é cara, mas não se deve gastar à toa, pois o dinheiro, esse sim, é coisa cara; agora, o senhor me desculpe, mas eu estou cansado, vou para casa.

E então saía. Sem Ierofêitch por perto o comprador se punha a examinar com mais perspicácia a pata na qual, na realidade, nunca tivera doença alguma; e, ficava sem entender, portanto, em que consistia o tal defeito.

Consumada a trapaça, Dmitri Ierofêitch dizia tranquilamente:

—Isso aqui é negócio. Não deve se gabar como se entendesse do assunto. E que esse caso lhe sirva de lição.

---

[18] Tradução literal da expressão "*kak biós piéred zaútreneiu*". As "matinas" são uma das horas litúrgicas constituintes da Liturgia das Horas, presente, com diferenças na celebração, na tradição das igrejas católica e ortodoxa.

Mas Dmitri Ierofêitch também tinha seu ponto fraco, seu calcanhar de Aquiles, onde, aliás, era bastante vulnerável. E, como a todos é comum ansiar pelo que não se merece, ele também gostava que acreditassem nele. Há muito tempo encontrara esse prazer e, a respeito dele, formulou a seguinte regra:

—O melhor é não examinar, sequer olhar; finja ser cretino e confie no meu tino; farei então de um jeito que ninguém faria, arranjando-lhe um cavalo por uma ninharia; cem rublos pagará por um que por menos de quinhentos não sairia.

Era precisamente assim que acontecia, pois, a esse respeito, Dmitri Ierofêitch tinha seu *point d'honneur*, sua espécie de vontade de ferro. Mas, como muitos já tinham sido engambelados por sua regra, ela foi se tornando de pouco proveito; além disso, não queria mais ter de pedir confiança a ninguém. Dmitri Ierofêitch ficou muito tempo sem poder se resolver quanto a isso, mas, quando Deus lhe enviou Hugo Pektoralis, ele se encheu de coragem. Assim que Hugo lhe falou de sua necessidade de arrumar um cavalo e pediu que, com consciência, lhe desse um, Dmitri lhe respondeu:

—Ah, meu caro, que consciência? Ainda existe consciência neste mundo? Cavalos tenho muitos. Examine e escolha qualquer um que ache bom. Mas não venha me falar em consciência!

—Oh, não, não é nada disso, Dmitri Ierofêitch; eu confio no senhor e conto com a sua ajuda para escolher o melhor.

—O meu conselho pra você é que não acredite em ninguém e em ninguém confie. Que história é essa de confiar nas pessoas? É algum trouxa, por acaso?

—Bem, como queira, já me decidi, tome aqui cem rublos e me dê um cavalo. O senhor não pode me recusar isso.

—Mas como recusar? Cem rublos, convenhamos, é um bom dinheiro; como é que não vamos receber esses aí? Só fico triste de saber que você vai se arrepender.

—Não me arrependerei.

—Ora, como não se arrependerá? Se o seu cascalho não tiver caído do céu, se for um dinheirinho suado, vai se queixar quando vir que o que lhe entreguei não é nada demais, é só um reles cavalo; sim, vai se arrepender.

—Não, não vou me queixar.

—Isso é o que diz agora, mas como não se queixar? Se lhe parecer ofensivo, é claro que vai se queixar.

—Garanto ao senhor que nunca, a ninguém, jamais me queixarei.

—Então, jure por Deus!

—Entre nós, Dmitri Ierofêitch, não se jura por Deus.

—Está vendo? E ainda por cima não jura por Deus. Como é que se pode confiar?

—Confie na minha vontade de ferro.

—Bem, como queira – acedeu Dmitri Ierofêitch, que, enquanto regalava Pektoralis com um jantar, chamou o moço de estrebaria e disse a ele:

—Atrele aqui a Okryssa ao trenó de Hugo Kárlovitch.

—A Okryssa, Dmitri Ierofêitch?! – admirou-se o moço.

—Sim, a Okryssa.

—Ou seja, é ela mesma que devo atrelar?

—Arre, mas por que me devolve a pergunta, imbecil? Foi dito *atrelar* – então atrele. E, quando deu as costas para o moço, disse com um sorriso a Pektoralis: – O bicho que lhe dou é excelente, meu caro, é uma eguinha nova, alentada, de porte soberbo e um pelo dourado que é de uma tonalidade primorosa. Um pelo maravilhoso! Você vai ver. Estou certo de que jamais esquecerá.

—Agradecido, Dmitri Ierofêitch, muito agradecido. – disse Pektoralis.

—Ora, deixe pra agradecer depois que tiver viajado com ela. Mas se por acaso notar alguma coisa que não seja de seu agrado, cuide só pra não esquecer de nosso acordo: não xingar, não reclamar; pois se não conheço o seu gosto, não posso saber o que deseja.

—Não reclamarei; nunca, a ninguém. Já lhe disse. Confie em minha vontade de ferro.

—Pois se é assim: bravo! Já eu, meu caro, sinto dizê-lo, sequer tenho vontade. Decidi muitas vezes passar a agir honestamente com todos, mas não houve meio de me conter. O que é que se vai fazer? E, depois, sempre me confesso ao pope, mas aí a coisa já não se conserta mais... Vocês, os luteranos, não se confessam de maneira alguma?

—Confessamo-nos a Deus.

—Vejam só que bela força de vontade: não juram, nem se confessam! E, aliás, vocês não têm popes, nem santos; não teriam mesmo onde arranjá-los, pois todos os santos são russos... Adeus, meu caro. Agora, monte e siga. Quanto a mim, eu vou rezar minhas orações e depois me deitar.

E deixaram-se.

Pektoralis conhecia Dmitri Ierofêitch por galhofeiro e estava certo de que tudo aquilo não passava de brincadeira. Agasalhou-se, despediu-se, saiu para o alpendre, acomodou-se no trenó e, mal tocou nas rédeas, a égua se lançou para a frente e deu com a testa na parede. Puxou-a para o outro lado, mas ela de novo se arremessou e, mais uma vez, deu com a testa, então no palheiro. Dessa vez ela se chocou com tanta força que até meneou com a cabeça.

Por muito tempo o alemão não conseguiu entender a galhofa, nem encontrou a quem pedir uma explicação, uma vez que, enquanto aquilo acontecia, na casa desaparecera todo sinal de vida: apagaram-se todas as luzes e todos se esconderam. Tudo parecia morto, como num castelo mal-assombrado. Apenas a lua brilhava, iluminando o campo longínquo que se estendia para além dos portões escancarados. E o frio era de estalejar e trincar.

Hugo olhou para um lado, depois para outro, e viu que a coisa estava feia; virou a cabeça da égua para a lua e assombrou-se: tão inexpressivos e estúpidos, como dois espelhinhos opacos, os enormes bugalhos da pobre Okryssa olhavam imóveis para a lua e, como numa superfície metálica, refletiam a luz do satélite.

–A égua é cega. – compreendeu Hugo e, mais uma vez, olhou em redor pelo pátio.

Pareceu-lhe ter visto numa das janelas, sob o luar, a figura comprida de Dmitri Ierofêitch, que ainda não havia se deitado e, naquele momento, provavelmente admirava a lua, ou, talvez, ainda estivesse se preparando para rezar. Hugo deu um suspiro, tomou a égua pelas rédeas e afastou-se do pátio. Tão logo se fecharam os portões atrás de Pektoralis, na janelinha de Dmitri Ierofêitch passou a arder uma luzinha bem fraca: o velhote certamente acendera a lamparina e começara a rezar.

9

O pobre Hugo fora cruelmente enganado. Atormentavam-no a afronta, o prejuízo, um forte desgosto e a situação desesperadora no meio do campo; mas ele suportou tudo isso, e suportou pacientemente, caminhando todas as quarenta verstas a pé com a égua cega, atrás da qual arrastava-se o trenó. E o que é que ele fez com todos esses sentimentos e com a égua? A égua não estava em parte alguma e ele não revelou a ninguém seu paradeiro (provavelmente a vendera aos tártaros em Ishim[19]). Pelo pátio de Dmitri Ierofêitch, onde todos costumavam se reunir, Pektoralis sempre passava, como de costume, mas sem deixar transparecer em suas atitudes sequer sombra de ressentimento. O próprio Dmitri Ierofêitch passou muito tempo sem aparecer, mas quando enfim se encontraram, Pektoralis não disse uma única palavra sobre a égua.

Por fim, sem conseguir mais resistir, o próprio Dmitri Ierofêitch pegou e disse:

—Que coisa! Eu sempre esqueço de lhe perguntar: como é que vai sua eguinha?

—Vai muito bem. – respondeu Pektoralis.

—Claro, não duvido, pois é uma égua muito boa. Mas, diga uma coisa: como é que ela é para viajar?

—Anda bem.

—Maravilha! Eu imaginava que ia andar bem. Só que pelo visto não veio nela hoje?

—É que a estou poupando.

—Mas isso é excelente! É muito sensato proceder assim; poupe-a, meu irmão, poupe-a. É uma eguinha rara, seria um pecado não poupar uma dessas.

---

[19] Cidade russa a 2.400 quilômetros a leste de Moscou.

Dmitri Ierofêitch saiu contando a todo o mundo que Hugo Kárlytch elogiava bastante a Okryssa, mas pensava consigo mesmo: "Que diabo de alemão é esse? É a primeira vez na vida que isso me acontece: enganar a um homem sem dó e ele não reclamar, nem me xingar."

Dmitri Ierofêitch ficou até esmorecido por causa disso. Não podia compreender o que significava aquele comportamento. Começou a contar a todos, honestamente decepcionado, que tinha enganado Pektoralis e ele – não se sabia por quê – não se queixava. Mas Pektoralis manteve-se fiel à palavra dada e, ao saber o que Dmitri Ierofêitch andava dizendo por aí, apenas deu de ombros e comentou:

—Não é capaz de se conter.

Dmitri Ierofêitch era um escroque, mas era também covarde, supersticioso e crédulo; imaginou que Pektoralis lhe preparava uma vingança avassaladora, deliberadamente maliciosa, e, para dar fim a esse desassossego que lhe tomava a alma, mandou para ele um excelente cavalo de uns trezentos rublos, solicitando que o saudassem e lhe pedissem perdão.

Pektoralis enrubesceu, mas, mantendo o ar imperturbável, mandou que levassem o cavalo de volta e, no lugar de uma resposta às saudações, escreveu: "O senhor me envergonha. Não tem um pingo de força de vontade."

E esse homem que realizou perante todos nós esse sem-número de experiências com sua vontade de ferro viu de repente que seus objetivos começavam a ser alcançados: o ano novo trouxe a ele um novo aumento, que, somado às economias anteriores, já ultrapassava aqueles três mil táleres.

Pektoralis agradeceu aos patrões e logo começou a se preparar para a viagem à Alemanha, promentendo que, dali a um mês, voltaria de lá com a esposa.

Os preparativos não foram demorados; em pouco tempo ele partiu. Quanto a nós, passamos a esperar com grande impaciência o seu retorno acompanhado da esposa, que, segundo imaginávamos, devia representar algo de original.

Mas de que espécie?

Seguramente da espécie trapaceira – empenhou-se em afirmar Dmitri Ierofêitch.

10

Não ficamos muito tempo sem notícias de Pektoralis: um mês depois de sua partida, escreveu-me dizendo que se unira em matrimônio e chamou a sua esposa, em russo, Klara Pávlovna; com mais um mês chegou de volta acompanhado da consorte, que, como já disse, estávamos impacientes para ver e por isso, quando chegou o dia, ficamos examinando com uma curiosidade algo indiscreta.

Em nossa colônia, onde todos conheciam os grandes e pequenos prodígios de Pektoralis, havia a convicção geral de que seu casamento também devia ser, à sua maneira, um extraordinário prodígio. E o foi na realidade, como veremos a seguir. Nós é que, de início, não fomos capazes de perceber.

Klara Pávlovna era alemã e, como uma alemã, era grande e aparentemente muito saudável, apesar de certa vermelhidão hemorroidal no rosto e uma particularidade que era realmente estranha: todo o lado esquerdo do corpo era muito mais avantajado que o direito. Particularidade essa que se notava sobretudo na bochecha esquerda, que era um tanto intumescida, como se nela houvesse uma inflamação permanente; mas também se notava pelas extremidades dos membros. Tanto a mão quanto o pé esquerdos eram visivelmente maiores do que seus pares, mão e pé direitos.

Foi o próprio Hugo quem chamou a nossa atenção para isso e, ao que parecia, estava até muito satisfeito com o fato.

–Olhem – disse ele – esta mão é um pouco maior, enquanto esta outra é um pouco menor. Oh, isso ocorre muito raramente!

Pela primeira vez eu via a natureza brincar dessa maneira e me compadeci do pobre Hugo, que, em vez de um único par de sapatos ou de luvas, devia ter de comprar dois pares diversos para a esposa; mas minha compaixão não tinha propósito, porque madame Pektoralis fazia diferente: escolhia sapatos e luvas do tamanho maior, de maneira que um de seus pés ficava na bota que lhe servia, enquanto o outro, numa bota que lhe caía. Era a mesma coisa com as mãos, nas vezes, – raras, aliás, – em que fora vista com luvas.

A dama não agradou a nenhum de nós e, para ser franco, nem mesmo merecia ser chamada assim, tão vulgar e tosca era ela. Dentre nós, muitos se perguntavam: o que poderia ter atraído Pektoralis para essa alemã robusta e trivial? E, teria valido a pena ter feito e cumprido as promessas que fez para se casar com ela? E ainda ter ido buscá-la tão longe, na Alemanha... Até dava vontade de cantar para ele:

Nem o diabo tão longe iria,
Ele aqui mesmo se casaria.[20]

A vantagem de Klara consistia, não havia dúvida, em alguma qualidade interior, como, por exemplo, a força de vontade. E disso fomos nos inteirar com Pektoralis:

–Klara Pávlovna tem grande força de vontade?

Ele fez uma careta e respondeu:

–Extraordinária!

Klara Pávlovna não tinha afinidade alguma com a sociedade de nossas damas inglesas, entre as quais havia criaturas muito inteligentes e excelentemente educadas, o que percebiam tanto

---

[20]Versos da canção popular *Kak zadúmal Mikheitch jenítsia*: "Como Mikheitch intentou casar".

ela própria quanto Pektoralis, que, aliás, disso nunca se queixou e geralmente não se preocupava nem um pouco com a impressão que a aparência de sua esposa fosse causar neste ou naquele. Como um autêntico alemão, ele a mantinha para sua conveniência e não para exibi-la aos outros; quanto a essa inadequação ao ambiente em que ela veio parar, Hugo não demonstrava constrangimento algum. Tinha nela aquilo que era indispensável para ele, algo que apreciava acima de tudo: uma vontade de ferro, que unida a sua própria vontade, como ele supunha, certamente produziria descendentes prodigiosos; isso lhe bastava!

Mas o que causava certa estranheza era que nunca se viu manifestação alguma dessa força de vontade. Klara Pektoralis vivia como a mais comum das alemãs: preparava a sopa do marido, assava-lhe *klopéts*[21] e tricotava-lhe meias curtas e compridas; na ausência do engenheiro, que por essa época tinha muito trabalho fora, ficava em companhia do mecânico Offenberg, um alemão parvo e inexpressivo de Sarepta.[22]

Sobre Offenberg, é suficiente lhes dizer umas dez palavras: era um jovem rapaz que, na minha opinião, deveria ser imitado por todos os atores que representam o papel do trabalhador seduzido pela patroa na conhecida peça *La meu-*

---

[21]Bolinho empanado e frito de carne bovina moída.

[22]Colônia alemã fundada no século XVIII na província de Sarátov. Hoje integra a província de Volgogrado.

niére de Marly.[23] Todos nós o considerávamos um cretino, ainda que nele tivesse algo de circunspecto e meio astucioso, algo peculiar àqueles parvalhões que se podem encontrar nas casas dos jesuítas da *rue de Sèvres*[24] e em outras partes.

Offenberg foi contratado para auxiliar Pektoralis menos como mecânico do que como dragomano, para a transmissão de ordens aos operários; mas nessa atividade não era também muito satisfatório, pois frequentemente fazia confusão. No entanto, Pektoralis o tolerava e até o considerava útil, mesmo depois de ter aprendido russo. E isso ia além: por alguma razão, Pektoralis gostava do parvo Offenberg e compartilhava com ele as horas de lazer, vivia com ele no mesmo apartamento e, até o casamento, dormiam no mesmo quarto, jogavam xadrez, caçavam; Hugo acompanhava de perto a moral do rapaz, mantendo vigilância constante, como se a esse respeito tivesse recebido uma missão especial dos pais do rapaz e dos velhos *herrnhuter*[25] de Sarepta. Offenberg

---

[23] *Vaudeville* francês de Anne-Honoré-Joseph Duveyrier, mais conhecido pelo pseudônimo Mélesville (1787-1865); encenado na Rússia a partir dos anos 1840.

[24] Em francês, no original. Encontrava-se na *rue de Sèvres*, em Paris, um centro da ordem dos jesuítas.

[25] *Herrnhuter Brüdergemeine* é uma denominação protestante originária da Boêmia, oficialmente designada *UNITAS Fratrum* (unidade de irmãos) e conhecida como Igreja dos Irmãos Morávios. Era o ramo do luteranismo a que pertencia a maioria dos colonos alemães da região do rio Volga, na Rússia.

e Pektoralis conviviam conosco como amigos e muito raramente se separavam. Ultimamente, porém, não vinha sendo assim porque Pektoralis viajava com frequência, mas isso de forma alguma ameaçava a moral de Offenberg, pois na ausência do esposo, Frau Klara mantinha a vigilância. Desse modo, eles eram convenientes um ao outro. Offenberg distraía Frau Klara, enquanto ela o livrava de todas as tentações e seduções da mocidade. A coisa tinha sido bem pensada, mas o diabo a invejou e fez dela uma notável pataquada. Graças à franqueza e originalidade de nosso célebre Hugo, essa pataquada mereceu a mais indiscreta divulgação e acabou virando a casa de pernas para o ar.

De acordo com o juízo feminino, o próprio Hugo foi o imperdoável culpado de tudo o que agora começarei a contar; mas quando é que há outros culpados para as damas que não sejam os esposos? Escutem com imparcialidade, por favor, e julguem por si próprios, sem as sugestões das damas.

11

Desde o casamento de Pektoralis, decorreu um ano, depois outro, e, por fim, um terceiro. E assim também poderiam ter transcorrido um sexto, um sétimo, um oitavo ou um décimo ano, se o terceiro não tivesse sido excepcionalmente feliz para Pektoralis, do ponto de vista econômico. Foi dessa felicidade que se originou a grande infelicidade sobre a qual os senhores vão ouvir agora.

Se não me engano, já lhes disse que Pektoralis era exímio conhecedor de sua profissão e que, devido à persistência de sua vontade de ferro, fazia excepcionalmente bem e de modo escrupuloso tudo aquilo a que se propunha fazer. Por isso, em pouco tempo adquiriu nas imediações uma reputação tal, que era solicitado com muita frequência, ora aqui, ora acolá, para consertar uma máquina, instalar outra, regular uma terceira. Como nossos patrões não o impediam, ele estava sempre em correria; por outro lado, seus ganhos se tornaram bastante significativos. Seus recursos aumentaram tanto que começou a pensar em abandonar sua Doberan e montar sua própria oficina mecânica no centro de nossa zona industrial, na cidade de R.

Um desejo assim é certamente o que há de mais simples e compreensível, já que não há quem não queira sair da condição de assalariado para se tornar dono de seu próprio negócio; mas Hugo Kárlovitch tinha outros fortes anseios relacionados a isso, pois que, nele, ao proprietário independente se aliava uma expansão dos direitos da vida. Para os senhores talvez não seja compreensível o que quero dizer com isso, mas devo manter essa explicação em suspenso por alguns minutos.

Honestamente falando, não me recordo com precisão qual era, segundo os cálculos de Pektoralis, a importância necessária para que pudesse montar sua oficina; mas acredito que algo em torno de doze ou quinze mil rublos; e logo que juntou o último centavo a essa quantia, pôs um ponto num período de sua vida e anunciou o começo de um outro.

A renovação efetuou-se em três procedimentos. O primeiro consistia num comunicado em que anunciava que não mais trabalharia como empregado e que abriria uma oficina na cidade. O segundo procedimento era a construção dessa oficina, para o que seria preciso, antes de tudo, um local, e ainda, evidentemente, um local na medida do possível cômodo e barato. Como não havia muitos desses lugares na pequena cidade e, entre os que havia, apenas um atendia a todas as exigências de Pektoralis, foi então por este local que ele se interessou. Era um terreno largo e comprido, que por um lado dava para a praça do mercado, por outro, para a margem do rio; lá também havia construções de pedra, antigas e enormes, que poderiam ser adaptadas ao empreendimento com uma despesa mínima. Entretanto, a metade do terreno em que Pektoralis tinha posto a mira estava desde muito tempo e a largo prazo arrendado ao pequeno burguês Safrônytch, que tinha instalado ali uma pequena fundição. Pektoralis conhecia tanto a fundição quanto o próprio

Safrônytch e esperava fazê-lo sair do local. É verdade que, quanto a isso, Safrônytch não lhe dava esperança alguma, dizia até que de lá não sairia de jeito nenhum; mas Pektoralis elaborou um plano, contra o qual, segundo seus cálculos, Safrônytch não poderia oferecer resistência. Confiando nesse plano, Hugo comprou o lugar e um belo dia retornou ao nosso antigo lar com uma escritura na mão e na mais alegre disposição de espírito. Estava tão alegre que se permitiu cometer notáveis indiscrições – o que de maneira alguma era de seu feitio. Abraçou a esposa na presença de todos, beijou nossos dois patrões, pegou Offenberg pelas orelhas e o levantou do chão; depois anunciou que se arranjara, agradeceu pelo pão e o sal[26] e disse que em breve partiria para sua empresa, na cidade de R.

Pareceu-me que, ao ouvir tais notícias, Klara Pávlovna empalidecera e Offenberg ficara perdido; tão perdido que o próprio Hugo o notou e, depois de soltar uma gargalhada, disse a ele:

–Oh! Por essa você não esperava, pobre cabeça de vento! – E, com essas palavras, puxou para si o inexpressivo *herrnhuter*, deu-lhe um tapa bem forte no ombro e acrescentou: – Ora, não foi nada, não fique triste, pois também pensei em você. Não o deixarei; você ficará comigo. Mas agora vá à cidade e traga de lá todo o champagne e o mais que comprei, conforme consta nesta nota.

---

[26] Na Rússia, o pão e o sal são símbolos de hospitalidade.

A nota era um rol de coisas variadas compradas por Pektoralis e deixadas na cidade. Vinho, antepastos e tudo o mais se podia encontrar nessa lista. Pelo visto queria nos dar um banquete; e realmente, no dia seguinte, quando chegaram todos os comes e bebes, ele nos visitou a todos e convidou-nos para um grande jantar em comemoração de seu casamento.

Me pareceu que não o tinha ouvido bem, então pedi a ele que repetisse:

—O senhor nos oferece um banquete de despedida por ocasião de sua partida e da nova aquisição?

—Oh, não! Isso vamos festejar quando estiverem correndo bem os negócios, o banquete que ofereço agora é porque hoje vou me casar.

—Mas como? O senhor vai se casar hoje?

—Oh, sim, sim, sim. Hoje, Klara Pávlovna... Bem, hoje caso-me com ela.

—Que disparate está dizendo?

—Não estou dizendo disparate algum, caso-me hoje sem falta.

—Casar-se como? Pois se, me permita observar, já faz três anos que é casado.

—Hum! Sim, três anos, três anos... Veja só! O senhor pensa que será sempre assim como tem sido nesses três anos. Certamente poderia ficar assim trinta e três anos até, se eu não tivesse recebido dinheiro e adquirido minha empresa; mas agora é outra coisa, meu irmão. *Klara Pávlovna, fique sossegada, caso-me hoje com você.* O senhor não está me compreendendo?

–Não estou, meu caro. Não estou compreendendo nada.

–Pois a coisa é muito simples. Klarinka e eu determinamos o seguinte: quando eu obtivesse três mil táleres realizaríamos nossa cerimônia. Compreende? Somente a cerimônia e nada mais. Mas, quando eu me tornasse patrão, aí, sim, nos casaríamos devidamente. Compreende agora?

–Santo Deus! – exclamei; – temo pelo senhor, pois começo a entender que o senhor e Klara... três anos juntos e... ainda não se casaram!

–Oh, sim, naturalmente, ainda não nos casamos! Disse-lhe um dia que se não me estabelecesse devidamente, viveria assim até trinta e três anos; não se recorda?

–O senhor é uma pessoa extraordinária.

–Sim, sim, sim, eu mesmo sei que sou uma pessoa extraordinária: tenho vontade de ferro! Por acaso não compreendeu o que há muito lhe disse, que chegando aos três mil táleres eu ainda não estaria no auge da felicidade, mas somente próximo?

–Não, realmente não havia compreendido.

–E agora compreende?

–Agora sim.

–Oh, o senhor não é nenhum tolo. O que diria agora de mim? Agora que sou patrão, que posso ter uma família...? Saiba que terei muito mais.

—Bravo! O senhor é um herói, e que herói ... Que o diabo o carregue pro inferno de tão herói que o senhor é! ... é o que eu diria do senhor.

Passei o resto daquele dia, até à noite, seriamente impressionado com aquela história.

"Mas é o diabo, esse alemão!" – pensei comigo – "Vai superar nosso Tchítchkov."

Como a águia negra da Prússia que aparecia insistentemente em sonho a Heine,[27] acolhendo a Alemanha sob as asas, bem diante dos meus olhos voltava sempre a imagem do alemão que se preparava para tornar-se marido de sua esposa naquele dia, três anos após o casamento.

Ora, depois de ter suportado isso, o que uma pessoa dessas não seria capaz de suportar? O que ele não conseguiria?

Essa questão permaneceu comigo durante todo o tempo do banquete, que foi longo e farto e no qual tanto russos quanto ingleses e alemães embriagaram-se, beijaram-se e fizeram a Pektoralis a insinuação, um tanto grosseira, de que o prolongado banquete roubava-lhe o tão esperado momento. Pektoralis, como sempre, estava inabalável; apesar de embriagado, dizia:

—Não me apresso para nada. Nunca me apresso – e em toda parte chego a tempo e con-

---

[27]Heinrich Heine (1797 - 1856), poeta e ensaísta alemão, conhecido como "o último dos românticos". A alusão que se faz aqui encontra-se no capítulo XVIII do poema *Alemanha, um conto de inverno* (1844), no qual Heine ataca satiricamente as instituições, os símbolos e os mitos nacionais consagrados da Alemanha.

sigo tudo no devido momento. Por favor, sentem-se e bebam, tenho vontade de ferro, ora.

Naquele instante o pobrezinho ainda não sabia o quanto sua vontade de ferro lhe seria necessária, menos ainda que provações a aguardavam.

12

Em consequência do banquete, na manhã do dia seguinte eu não sentia a mínima vontade de me levantar, embora já tivesse dormido mais de meia hora que de costume e meu criado me aporrinhasse, insistinto em me despertar. Apenas a importância do assunto que ele me comunicava, assunto esse que, aliás, não pude compreender de imediato, é que me obrigou a fazer essa violência contra mim mesmo.

Era algo a respeito de Hugo Kárlovitch, como se o banquete inebriante que ele oferecera ainda não tivesse terminado.

—Afinal, de que se trata? – perguntei, sentado na cama, olhando com olhos sonolentos para meu criado.

O caso era o seguinte: uma hora depois que o último convidado deixara a casa, Hugo surgiu no alpendre de sua dependência ao raiar do dia, soltou um sonoro assobio e gritou:

—*Odnako*!

Após alguns minutos, repetiu a palavra

mais alto, e depois, de instante em instante, tornava a gritar, e cada vez mais alto:

—*Odnako*! *Odnako*!

Aproximou-se dele um dos vigias da guarda noturna e perguntou:

—Deseja alguma coisa, senhor?

—Mande-me agora mesmo o "*Odnako*"[28]!

O sentinela olhou para o alemão e disse:

—Vá dormir, meu caro; o que é que há com o senhor?

—Imbecil! Mande-me o "*Odnako*". Vá até aquela dependência onde ficam os serralheiros e desperte-o, diga a ele que venha até aqui agora mesmo.

"Beberam demais, hereges!" – foi o que pensou o vigia. E, antes de ir acordar Offenberg, concluiu: "Bom, ele também é alemão, pode descobrir mais depressa o que outro alemão necessita".

Offenberg também estava ferrado no sono e só a muito custo abriu os olhos. Mas afinal se levantou, vestiu-se e dirigiu-se a Pektoralis, que durante todo esse tempo permanecera de chinelos no alpendre. Ao avistar Offenberg, tremeu da cabeça aos pés e mais uma vez gritou:

—*Odnako*!

—O que o senhor quer? – perguntou Offenberg.

---

[28] Advérbio russo que significa "todavia", empregado por Pektotalis para designar ironicamente Offenberg, que provavelmente abusava do uso dessa palavra.

–*Odnako*, o que quero, *odnako* já não há – respondeu Pektoralis. E, mudando bruscamente de tom, ordenou: – Mas venha cá comigo.

Depois de chamar Offenberg para entrar, trancou-se à chave com ele no escritório e começaram a lutar.

Eu simplesmente não podia crer nos meus ouvidos, mas meu criado insistiu que era verdade, que Hugo e Offenberg estavam realmente lutando e que lutavam de maneira perigosa, porque estavam trancados a chave e, assim, nada se podia ver; ouvia-se, no entanto, as pancadas que soavam terrivelmente, além dos gritos da madame.

–Faça o favor de ir até lá! – gritaram-me – Todos os senhores, temendo um assassinato, já estão há muito lá reunidos, mas não encontram meio de entrar.

Precipitei-me em direção à dependência de Pektoralis e vi que realmente toda a nossa colônia estava lá reunida, em agitação, junto à entrada. Todas as portas estavam bem trancadas, e atrás delas acontecia algo realmente fora de série: ouvia-se, num tremendo rebuliço, alguém bater em alguém com alguma coisa e depois arrastar... Batia, batia, arrastava, derrubava e largava de mão, e novamente batia; depois, paravam de repente; então, nova luta acompanhada de soluços femininos abafados.

–Ei, senhores! – gritamos. – Escutem... já chega. Abram a porta!

—Não responda! – ouviu-se a voz de Pektoralis e, ato contínuo, ouviu-se também que a luta era retomada.

—Chega, chega, Hugo Kárlytch! – gritamos. – Basta! Ou forçaremos a porta!

A ameaça, pelo visto, fez efeito: o rebuliço continuou por mais um minuto, depois cessou subitamente. Naquele mesmo instante o trinco da porta se abriu e, impelido por uma força que não era a sua, Offenberg voou em nossa direção.

—O que houve com o senhor, Offenberg? – gritamos todos ao mesmo tempo; mas ele passou rapidamente, escapando para bem longe, sem nada responder.

—Meu irmão, Hugo Kárlovitch, por que o surrou desse jeito?

—Ele sabe. – respondeu Pektoralis, que não se apresentava menos surrado que Offenberg.

—Seja lá o que for que ele lhe tenha feito, ainda assim... Como é que pode...

—E por que não pode?

—Espancar assim uma pessoa?

—Mas por que não? Ele também me espancou; sob regras igualitárias fizemos uma guerra russa.

—O senhor chama a isso de guerra russa?

—Sim; e impus a ele a seguinte condição: fazer uma guerra russa sem gritar.

—Vai nos perdoar, – retrucamos – mas, em primeiro lugar, que história é essa de guerra russa sem gritos? O senhor inventou uma coisa que nada tem de russo.

—Pelas fuças.

—Sim, pelas fuças; mas os russos não são os únicos que se engalfinham pelas fuças. Em segundo lugar, qual o motivo de se terem provocado um ao outro a esse ponto?

—Qual o motivo? Isso ele sabe – respondeu Pektoralis. E com essa evasiva ele assumiu toda a tragédia da situação, que, aparentemente, pelo modo imprevisto com que se deu, causou a ele grande desgosto.

Logo após essa guerra russa dos dois alemães, Pektoralis se mudou para a cidade, dizendo-me, ao despedir-se:

—O senhor sabe? Eu, *odnako*, me enganei de um modo muito desagradável.

Suspeitando do que se tratava o assunto, fiquei bem calado, mas Pektoralis se inclinou até meu ouvido e cochichou:

—Klarinka não tem nem um pouco da vontade de ferro que eu supunha; ela cuidou muito mal de Offenberg.

Ao partir, levou consigo a esposa – o que se compreende –, mas não levou Offenberg. Este infeliz permaneceu conosco até recuperar a saúde, fortemente abalada pela guerra russa; mas não se queixou de Pektoralis, disse apenas que não fazia a menor ideia do motivo pelo qual guerreara.

—Ele me chamou – dizia Offenberg – e gritou: "*Odnako!*" E depois: "Pare aí! Façamos uma guerra russa; e se não quiser bater em mim, eu sozinho baterei em você." Suportei por muito tempo, mas depois também passei a espancá-lo.

—E tudo por causa do "*odnako*"?

—Não ouvi nada além disso, portanto, nada mais sei.

—Pois isso, *odnako*, é estranho.

—E, *odnako*, doloroso — completou Offenberg.

—O senhor por acaso não andou fazendo a corte a Klara Pávlovna, Offenberg?

—Por Deus, não fiz, não.

—E não tem culpa de nada?

—De nada. Por Deus!

Assim, não ficou claro em que medida aquele novo José do Egito[29] foi culpado pelo que padeceu; mas que dessa vez Pektoralis recebeu um duro golpe em sua vontade de ferro, disso não havia dúvida; e, embora seja pecaminoso e muito feio a gente se alegrar com a desgraça alheia, reconheço com toda a sinceridade que fiquei um pouco satisfeito com esse golpe no orgulho do meu presunçoso amigo alemão – ao se convencer

---

[29]Segundo o relato bíblico, José foi comprado como escravo no Egito, por Potifar, o capitão da guarda do Faraó; torna-se administrador dos criados da casa do amo, mas depois que a mulher de Potifar tenta seduzi-lo e fracassa, acusa-o por vingança e ele é mandado à prisão; foi de lá resgatado como recompensa por ter interpretado um sonho do Faraó. Na cultura judaico-cristã, Potifar e sua mulher são associados ao adultério.

de que sua Klara não tinha força de vontade, sua vaidade recebeu uma dura lição.

Lição essa que seguramente deve ter tido sua influência sobre ele; mas isso, no entanto, não lhe quebrou a vontade de ferro, que haveria de ser destruída de uma maneira extremamente tragicômica. Mas as circunstâncias foram completamente diversas – isso se deu quando Pektoralis teve de travar a guerra russa com um russo de verdade.

13

A vontade de Pektoralis era suficiente para suportar o desgosto provocado pela descoberta de que em sua companheira faltava uma vontade como a dele. Isso sem dúvida foi muito difícil para ele, tanto mais que teria de abandoná-lo o que possivelmente era o mais alentador de seus sonhos: ver o fruto da união de duas criaturas assim, possuidoras de uma vontade de ferro; no entanto, como homem de autodomínio, reprimiu seu pesar e com zelo reforçado pôs-se a cuidar de sua empresa.

Construiu sua oficina, e com isso, a cada passo, burilava sua reputação de homem que acima das circunstâncias e em qualquer parte faz tudo conforme determina.

Acima foi dito que Pektoralis adquirira um terreno de frente, cuja parte traseira, que era plana, estava a longo prazo arrendada ao fundidor Safrônytch, e que de nenhuma maneira fora possível despejar de lá esse homenzinho indolente.

Safrônytch não recuou: ele continuava a insistir que, antes do término do contrato, ninguém o faria sair do lugar; e os tribunais, reconhecendo-o com direitos nessa insistência, nada puderam fazer contra ele.

Mas, como não podia deixar de ser, com seu pessoal inútil e seu não menos inútil negócio, Safrônytch prejudicava a promissora e bem ordenada empresa de Pektoralis. E não era só isso. Havia, nessa situação, algo ainda mais difícil de suportar: era que, sentindo-se na plenitude do seu direito, Safrônytch tinha começado a bancar o importante; ele se vangloriava, falando a todo mundo de suas convicções e garantias:

—Eu lá quero conhecer esse alemão. Sou um patriota amante de minha terra e não arredo pé do meu lugar. Se ele quiser brigar na justiça, é bom que fique sabendo que tenho um amigo escrivão, chamado Jiga, que vai armar uma boa arapuca pra ele.

O orgulhoso Pektoralis, que não podia suportar uma coisa assim, decidiu se livrar de Safrônytch do jeito dele, e da forma mais definitiva, para o que se adiantou, começando antes a preparar para o mujique imprudente o que prometia ser uma armadilha engenhosa.

Pektoralis regulou suas relações com Safrônytch com extraordinária sagacidade, de modo que o russo, apesar de todos os seus direitos, acabou nas garras dele; mas isso Safrônytch só foi perceber quando a coisa já estava feita, ou pelo menos assim parecia.

Mas vejamos como foi que isso aconteceu.

Pektoralis trabalhava e enriquecia, enquanto Safrônytch vivia na indolência, bebia e se arruinava. Só em ter um concorrente como Pektoralis, o russo já cometia falta grave, e a prova disso é que ele caiu na maior miséria; ainda assim, fincou-se no lugar e não havia jeito de querer sair.

Me lembro bem do pobre e abúlico homenzinho com suas amabilidades, sua presunção e apatia tipicamente russas.

—Que será do senhor, Vassili Safrônytch — perguntavam-lhe os amigos, referindo-se ao declínio de seu negócio, que desaparecera completamente atrás das grandes conquistas de Pektoralis — agora que, por descuido seu, lhe interceptaram dentro do seu próprio terreno?

—Mas o que é isso, meus amigos? — contestou Safrônytch, em tom despreocupado — Por que estão me fazendo medo com esse alemão? O que estão querendo com isso? Alemão também é gente e precisa, como todo mundo, de pão para comer.

—Mas agora ele está lá se apossando de todo o serviço que pertencia ao senhor.

—E se estiver mesmo? Isso talvez seja necessário pra que ele trabalhe por mim. De qualquer maneira, de minha casa não arredo o pé.

—Pense bem, Safrônytch, pense bem, porque talvez seja melhor sair. Ele vai lhe dar uma compensação por isso.

—Não, não saio. Me digam, por caridade, pra onde é que eu iria? Tenho aqui um negócio, toda uma empresa instalada; e a mulher tem tina, dorna, tábuas, prateleiras... Para onde é que a gente leva tudo isso?

—Mas que besteira é essa, Safrônytch...? Acha mesmo que é complicado transportar essas coisas?

—Olhando assim, não parece, realmente, mas são coisas que estão caindo aos pedaços: enquanto estão paradas num lugar, bem, ficam inteiras, mas é só tocar que elas desmoronam.

—Compre novas.

—Pra que é que eu vou comprar novas? Só pra gastar dinheiro? É preciso poupar o que é velho, pois os poupadores são poupados por Deus. Além do mais, o escrivão Jiga me disse: "Aconselho a você, meu irmão, de acordo com meu astuciosíssimo discernimento: fique onde está, – parado! – pois é com a nossa permanência que esmagaremos esse alemão".

—Só tome cuidado que esse seu amigo Jiga não esteja mentindo.

—Por que iria mentir? Se dissesse isso só quando está sóbrio, a gente admitiria que ele pudesse mentir por fraqueza; mas até bêbado ele tem me prometido: "Alegre-se – diz ele – o que está acontecendo não lhe trará infelicidade e sim glória, fama e bem-estar."

Essas palavras injuriosas de Safrônytch também chegaram aos ouvidos de Pektoralis, exasperando-o imensamente; por fim, esgotaram sua paciência e forçaram-no a tomar as medidas mais radicais.

—Oh, se ele quer medir sua vontade com a minha, vou mostrar a ele como é que vai me esmagar com sua permanência! – decidiu Pektoralis. – Chega! Os senhores vão ver agora como vou dar cabo dele.

—Ele vai acabar com você – alertaram Safrônytch. Este, porém, apenas se persignou e respondeu:

—Que nada! Deus não vai permitir que aquele porco me devore. E, além do mais, Jiga me disse que aguardasse: "Aguarde, meu amigo, aguarde porque conosco ele vai se dar é mal."

—Será que vai mesmo?

—Sem dúvida alguma. Jiga pensou com muita inteligência quando disse: "Somos russos, ora, somos homens de cabeça ossuda e tronco carnudo. Já a salsicha alemã é outra coisa: enquanto ela pode ser inteiramente destroçada, de nós sempre restará alguma coisa".

Essa opinião de Jiga agradou a todo mundo.

No dia seguinte, porém, a mulher de Safrônytch acordou-o dizendo:

—Deixe de preguiça, seu parasita; levante depressa daí e vá ver o que o alemão aprontou pra gente.

—Você só pensa em ninharias – respondeu Safrônytch. – Já lhe disse: sou ossudo e carnudo; o porco não me devora.

—Vá lá ver; ele atravancou a cancela e o portão; eu me levantei e fui ao riozinho buscar água pro samovar, mas o portão estava trancado, não havia por onde sair. E não quiseram abrir porque Hugo Kárlytch assim não ordenou; disseram que foi ele mesmo que tapou o portão com tábuas.

—Era só o que faltava! – disse Safrônytch e, indo até à cerca, verificou a cancela e o portão; viu que realmente não se abriam; bateu, bateu, mas ninguém respondeu. O homem ossudo se viu trancado em sua casinha dos fundos como se tivesse preso num caixote. Vassili Safrônytch subiu no telhado do palheiro e de lá, espiando por sobre o cercado, viu que o portão e a cancela, pelo lado de Hugo Kárlytch, estavam fortemente escorados por tábuas.

Safrônytch gritou para o pessoal que trabalhava na casa de Pektoralis. Chamou aqueles que conhecia pelo nome, mas nenhum deles respondeu. Ninguém o ajudou. Finalmente, o próprio Hugo se aproximou com um repugnante charuto alemão entre os dedos, e disse:

—Ora, vejam só! O que vai fazer agora?

Safrônytch intimidou-se.

–Senhor – falou do telhado a Pektoralis, – por que é que fez isso? O senhor não podia fazer uma coisa dessa; estou protegido por um contrato.

–Mas eu – respondeu Pektoralis – resolvi protegê-lo também com a cerca.

E assim ficaram os dois, um diante do alpendre e o outro no telhado do palheiro, trocando explicações.

–Como é que vou viver assim? – perguntou Safrônytch. – Não posso passar pra fora.

–Eu sei; foi para isso mesmo que o fiz: para que você não pudesse sair.

–E o que será de mim? Se nem um grilo é capaz de viver sem uma fenda, como é que eu, sendo um homem, vou poder viver sem uma?

–Pois bem, reflita sobre isso, depois converse com o seu escrivão; tenho o direito de lhe tapar todas as fendas, uma vez que em seu contrato nada consta sobre elas.

–Será mesmo que não consta?

–Precisamente. Nada consta!

–Não pode ser, meu senhor.

–Não fique aí discutindo; o melhor é descer e ir examinar o contrato.

–É, preciso descer.

O pobre Safrônytch desceu do telhado, entrou em casa e pegou o contrato firmado com o antigo proprietário; botou os óculos e começou a examinar. Leu e releu, e viu que, na realidade, a situação era temerária: no contrato não estava escrito que, em caso de venda do terreno, o novo proprietário não poderia tapar o portão e a cancela dos Safrônovy, deixando-os sem saída. Ora, mas quem é que, não sendo um alemão, poderia imaginar algo assim?

–Ah, seu... Que o lobo o devore, como você me devorou! – exclamou o pobre Safrônytch, pondo-se a bater na cerca da vizinha.

–*Mátuchka*[30] – disse-lhe Safrônytch, – me deixe apoiar uma escada à sua cerca pra que a gente possa sair à rua por seu pátio. Veja o que fez comigo o alemão, aquele perverso! Me fechou aqui, amarrou meus pés com um nó cego, e agora nem mesmo para ir ao escrivão posso mais sair. Não me deixe morrer de fome e sede aqui com meus filhos, enquanto aguardamos o julgamento. Permita que a gente passe por seu pátio, até que as autoridades deem alguma proteção contra aquele bandido.

A vizinha pequeno-burguesa de Vassili Safrônytch apiedou-se dele e franqueou-lhe a passagem.

–Pois não, *bátiuchka*.[31] – disse ela. Como é que eu vou negar uma coisa dessa a você? ...Que é um homem bom. Apoie sua escadinha. Prejuízo

---

[30] Antiga forma de tratamento; literalmente: "mãezinha".

[31] Antiga forma de tratamento; literalmente: "paizinho".

isso não vai me trazer. Também vou encostar uma escada do lado de cá, assim podem passar de lá pra cá por essa estrada real, até que as autoridades julguem seu caso com o alemão. Não vão permitir que ele zombe de você desse jeito, mesmo sendo ele alemão.

—Eu também acho, *mátuchka*, que não vão.

—Mas, enquanto isso não acontece, vá correndo falar com Jiga. Ele vai resolver tudo pra você.

—Sim, vou já falar com ele.

—Corra, meu amigo, corra; sabe lá o que mais o alemão anda tramando contra você. Enquanto isso, vou mandar abrir pelo menos um buraco pra você em minha cerca.

Safrônytch se tranquilizou: uma fenda abria-se para ele.

Prenderam uma escada de cada lado da cerca e assim os Safrônovy restabeleceram, ainda que de modo incômodo, alguma comunicação com o mundo. A esposa foi em busca de água, enquanto o próprio Safrônytch corria ao escrivão Jiga, que há muito tempo lhe havia escrito o contrato e, soluçando, contava a ele sobre a ofensa sofrida.

—Então, é isso – disse – você me encorajou contra o alemão, agora veja só o que foi feito de mim. E tudo por sua culpa. Por essa falta eu e meus pequenos vamos morrer de fome. Está aí a minha glória; esse é meu bem-estar!

O escrivão sorriu; e disse:

—Você é um imbecil! Um imbecil, meu caro irmão Vassili Safrônytch. E, além disso, um covarde. A inesperada felicidade mal se aproxima de você, e já está com medo dela.

—Ora! – respondeu Safrônytch – que felicidade pode haver em passar uma família inteira, a toda hora, pela cerca alheia? Jamais iria desejar semelhante felicidade! Meus filhos não são lá muito grandes, mas, mesmo assim, se forem a nosso mando buscar alguma coisa, podem espetar uma lasca na barriga, ou despencar de lá de cima, ou ainda, quebrar uma perna; também minha mulher, de acordo com a lei conjugal, todo ano fica grávida; por acaso acha que é cômodo a uma mulher de barriga pular por uma cerca? Como é que vamos viver num cerco desses? Das encomendas já nem falo... não me refiro a transportar uma caldeira pesada e grande, mas nem mesmo um simples arado pode ser posto para dentro ou tirado para fora.

Mas o escrivão insistia:

—Você é mesmo um imbecil – seguiu dizendo – imbecil, Vassili Safrônytch.

—Por que é que repete essa cantilena: "imbecil, imbecil"? Em vez de persistir na ofensa, dê ao menos um consolo.

—Que outro consolo você quer, se já foi recompensado por Deus muito mais do que merecia?

—Não entendi nada do que disse.

—Aí está, você não entende nada justamente pelo que falei, que você é um imbecil. E é tão imbecil que é vergonhoso ao meu intelecto discutir com essa sua estupidez. Se ainda continuo aqui respondendo a você, é só porque foi tocado por uma felicidade realmente descomedida e por isso meu coração se alegra; porque agora você vai viver uma vida magnífica. Olhe lá, não se esqueça de mim, não vá se insuflar. Nem vá ficar agarrado na garrafa.

—Você não tem consciência; está zombando de mim.

—Será que de tanta estupidez já perdeu a capacidade de entender a linguagem humana? Onde está a zombaria? Só lhe digo uma coisa: de hoje em diante, desde que não se afogue no vinho, você será um homem feliz.

O pobre Safrônytch não está compreendendo coisa alguma, mas o escrivão ainda insiste:

—Vá para casa pela estrada real que passa pela cerca, só não faça as pazes, nem peça nada ao alemão. E que Deus não permita à vizinha abrir uma passagem pra você; suba pela escada, pois ao que tudo indica, esse caminho não lhe poderia ser mais próspero...

—Pare com isso! Será que vou ter mesmo que subir a escada?

—E que mal há nisso? Suba pela escada e não toque em nada, porque a felicidade que agora se arranjou pra você é tão perfeita, que é até pecado tocar um dedo. Agora vá pra casa e providencie uma garrafinha de *kizliárotchka*;[32] ao anoitecer vou até lá pela escadinha e beberemos alegres à saúde do alemão.

—Que você vá à minha casa, sim, isso poderá ser, mas que eu beba à saúde dele, isso já não poderá ser. Antes venha ele ao meu funeral comer nossas panquecas e morrer engasgado com elas.

O alegre e confiante escrivão procura consolar o amigo:

—Ora, meu irmão, tudo pode acontecer. Mas não vai ser justo agora, no momento desse desfecho estupendo pra você, que vai encontrar motivos para não beber à saúde dele. Depois, sim, o dia do seu funeral vai chegar e a panqueca vai se tornar um nó na garganta do alemão.[33] Deve saber que nas Escrituras está dito: "Cavará um poço para si e nele cairá".[34] Ou pensa que não cairá?

---

[32]Diminutivo de *kizliarka* – bebida alcóolica de uva originária da região do Cáucaso.

[33]Alusão ao provérbio russo *Piervyi blin komom,* "A primeira panqueca é um nó". A panqueca russa, o *blin*, faz parte da culinária tradicional e simboliza o retorno do sol nas festas folclóricas do início da primavera.

[34]Citação aproximada do versículo 15 do capítulo VII do livro dos Salmos, no qual está escrito: "Abre uma cova, aprofundando-a, e cai na cova que fez." (Almeida, J. F.)

—Mas não cairia assim tão facilmente. Com toda a força que adquiriu, ele ficou...

—E que "o forte não se vanglorie de sua força",[35] onde está dito? Ah, vocês, homens de pouca fé, homens de pouca fé, como posso viver com vocês e ainda tolerá-los? Aprendam comigo a confiar: já faz catorze anos que fui expulso do serviço e continuo a beber vodca. Às vezes desfaleço, mas quando estou à beira de me queixar, alguma ocasião se apresenta e eu volto a beber, a me alegrar. A vida é cheia de altos e baixos, meu amigo; isso de a felicidade brilhar para alguém assim, até a sepultura, é só pra você. Vá e me espere. E prepare-se pra ficar boquiaberto com o que faremos ao alemão. Só deve rezar pra uma coisa...

—Pra quê?

—Pra que lhe sobreviva.

—"Toc-toc-toc"

—"Rezar", eu disse, e não "bater na madeira". E faça isso com fé, porque agora é que a coisa vai ficar difícil pra ele.

14

Jiga disse tudo isso de forma enigmática.

E Vassili Safrônytch correu à sua mora-

---

[35]Trecho do versículo 23 do capítulo IX do livro de Jeremias, no qual está escrito: "Assim diz o Senhor: Não se glorie o sábio na sua sabedoria, nem se glorie o forte na sua força; não se glorie o rico nas suas riquezas" (Almeida, J. F.)

dia sitiada, trepou pela estrada real que passa pela cerca e mandou que alguém fosse, por essa mesma estrada, comprar a bebida do escrivão; depois sentou e ficou esperando num esmorecimento tão grande, que não puderam animá-lo nem mesmo as encorajadoras palavras do amigo. Este, por sua vez, não deixou sua parte por fazer. Vestiu seu uniforme cor de ferrugem, cobriu-se com uma capa e um chapéu da mesma cor, apareceu no pátio de Hugo Kárlovitch e solicitou uma entrevista.

Pektoralis acabara de jantar e sentara-se para limpar os dentes com uma peninha tirada de uma bainha bem pequena – uma surpresa que lhe fizera Klara Pávlovna, naqueles venturosos dias, quando Pektoralis ainda não temia as surpresas que vinham dela, seguro que estava de que ela também tinha vontade de ferro.

Quando anunciaram o escrivão, Hugo Kárlytch, que já começava a bancar o importante, recusou-se por muito tempo a recebê-lo, mas quando o escrivão advertiu que era de assunto sério que vinha tratar, Hugo concordou:

—Pois que entre.

O escrivão entrou e fez uma profunda mesura a Pektoralis. O alemão se agradou muito e disse:

—Puxe uma cadeira e sente-se *Sie*.[36]

Mas o escrivão respondeu:

---

[36] Em alemão, no original: "Senhor".

–Perdoe-me, Hugo Kárlovitch, mas eu não poderia sentar-me em sua presença; tenho pernas russas, troncudas; diante do senhor, um nobre, posso muito bem ficar de pé.

"Aha! – pensou Pektoralis – parece que este escrivão respeita-me como se deve e conhece bem o seu lugar. – E insistiu:

–Oh, não! Por que não iria se sentar? Sente-se *Sie*.

–Palavra de honra, Hugo Kárlovitch, para mim é melhor ficar de pé diante do senhor; pois crescemos como troncos e desde a infância fomos educados assim: devemos ser corteses com todos, mas muito mais com estrangeiros.

–O senhor é uma peça! – gracejou Pektoralis bem-humorado e sentou a visita à força na poltrona.

Para Jiga, o que restou a fazer foi mover-se respeitosamente do fundo para a borda da poltrona.

–Bem, agora tenha a bondade de dizer o que deseja. Caso seja pobre, aviso de antemão que nada dou a pobres. É do próprio pobre a culpa da pobreza.

O escrivão tapou a boca com a mão e, fixando um olhar servil em Pektoralis, respondeu:

–O senhor tem toda a razão: todo pobre é culpado de ser pobre. É certo que para alguns Deus não dá nada, mas mesmo assim são culpados.

—De que são culpados?

—Não sabem o que fazer. Aqui tivemos um caso assim: um regimento se aquartelou; a cavalaria, ou seja lá como se chamam aqueles soldados... os que andam à cavalo...

—Cavalaria.

—Exatamente, cavalaria; certa vez um capitão de lá me ensinou toda a filosofia.

—Capitães de cavalaria nunca ensinam filosofia.

—Mas aquele ensinou. O caso a que me refiro foi justamente assim, de um capitão que era capaz de ensinar.

—Se era o caso, está bem, então era.

—Sim, era o caso. Os soldados esperavam o comandante montados em seus cavalos e fumavam cigarros. Aproximou-se deles um alemão pobre e lhes disse: "*Seien Sie so gut*"[37] e mais não sei o quê... que era pobre... O capitão perguntou a ele: – "O senhor é alemão?" – "Alemão, sim" – respondeu. "Bem, e por que é que está mendigando? Entre para o nosso regimento e seja como o nosso general, por quem aguardamos." – E nada lhe deu.

—Não deu nada?

—Nada; mas ele tornou-se mesmo um soldado e, dizem, tornou-se depois general e expulsou o capitão.

---

[37]Em alemão, no original: "Tenha a bondade".

—Bravo!

—Digo o mesmo: bravo! Digo mais, é por isso que trato todo alemão com respeito, pois só Deus sabe o que um alemão pode vir a ser na vida.

"Eis aqui uma boa criatura, um homem excelente" – pensou consigo Pektoralis e disse em voz alta:

—Bem, sua anedota é muito boa; mas que assunto o traz aqui?

—Assunto seu.

—Assunto meu?

—Exatamente.

—Mas não tenho assuntos.

—Agora terá.

—Será que não é a respeito de Safrônytch?

—Justamente, a respeito dele mesmo.

—Ele não tem nenhum direito; foi determinado que a cerca permanecesse – então permaneceu.

—Permaneceu.

—E sobre o portão nada foi acordado.

—Nada, nem uma palavra, mas ainda assim haverá um processo. Ele veio a mim e disse: "entrarei com os papéis."

—Que entre.

—Também disse a ele: "Que entre com os papéis, mas em seu contrato nada está dito sobre o portão."

—É isso mesmo!

—Sim, mas de todo modo ele seguiu dizendo... o senhor vai me perdoar se eu repetir o que ele disse?

—Perdoo, sim.

—"Eu – disse ele – ainda que tudo perca..."

—Mas já perdeu tudo; o trabalho dele não vale nada, suas caldeiras sibilam.

—Sibilam.

—Agora chega de trabalho para ele.

—Chega – eu disse a mesma coisa – sua fábrica chegou ao fim e ninguém vai lhe ajudar. Nada mais poderá entrar ou sair pelo portão. Ele então replicou: "Enquanto eu respirar, não vai me ver ceder àquele alemão *verflucht*.[38]

Pektoralis franziu o cenho, ficou rubro e, como se não pudesse acreditar, perguntou:

—Será possível? Ele disse isso mesmo?

—E eu ousaria mentir para o senhor? Falou realmente assim: um *verflucht*, e que *verflucht*! Disse isso diante de muitas e muitas testemunhas; imagine o senhor que foi dizer isso diante de todos os comerciantes, pois essa conversa se passou no lado seleto da taberna, onde todos eles tomavam chá.

—Não passa mesmo de um canalha.

—Um canalha, sim, é exatamente o que ele é. Mas eu o detive dizendo: "Vassili Safrônytch, você, meu amigo, devia ser mais cauteloso com a nação alemã, pois entre nós há sempre alemães

---

[38] Em alemão, no original: "maldito".

muito importantes"; mas com isso ele se enfureceu ainda mais e acabou dizendo uma coisa muito séria, tanto que todo o público se esqueceu do chá e passou apenas a escutá-lo; e, ao que parecia, concordavam com as palavras dele.

–Mas o que disse, precisamente?

–Disse: "Isso é a mentalidade de hoje e eu penso é como antigamente; e antigamente lia-se nos livros do tsar Aleksei Mikháilovitch que quando os alemães começaram a chegar a Moscou, foi decretado que não os metessem aqui e acolá, antes deviam mantê-los num único subúrbio,[39] agrupando-os em 'centenas negras' ".[40]

– Hum! Houve mesmo um decreto assim?

–Em certos livros encontram-se referências de que houve, sim.

–Esse decreto não é nada bom.

–Digo o mesmo: não é nada bom. E não há para que lembrar essas coisas depois de tantos anos, ainda mais diante de um grande público,

---

[39] Num decreto de 1652, o tsar Aleksei Mikháilovitch determinou que os estrangeiros que não professassem a fé cristã ortodoxa fossem reunidos fora dos limites da cidade de Moscou. Então constituiu-se uma comunidade de estrangeiros chamada *niemiétskaia slobodá*, literalmente: "subúrbio de estrangeiros". Posteriormente, o substantivo *niémiets* – e o adjetivo *niemiétskii* – que designava genericamente "estrangeiro", passa a designar especificamente "alemão". O assunto da alocação dos alemães na Rússia veio à tona em 1871, em um artigo publicado na revista de história *Rússkaia stariná* (*A antiguidade russa*).

[40] *Tchiórnye sótni*: unidades de divisão administrativo-territorial do Império Russo.

numa taberna popular, onde se escuta todo tipo de conversa e sempre existe uma tendência para a política.

—Patife!

—Sem dúvida, é um desonesto, e isso eu joguei na cara dele.

—Disse assim mesmo?

—Assim mesmo; mas por causa de minhas palavras houve entre nós um atrito que deu até em xingamento. Depois deu em coisa pior.

—Como? Fizeram a guerra russa?

—Exatamente. Fizemos a guerra russa.

—E o senhor deu-lhe uma surra?

—Eu o surrei e ele me surrou, como convém numa guerra russa. Mas para ele, ficou claro, não foi tão fácil me derrotar, porque eu, como pode ver, perdi todos os cabelos devido à minha enorme ciência e os poucos que vê na minha cabeça são tomados de empréstimo: penteio-os puxando da nuca para a testa... Quanto a ele, o senhor sabe, é cabeludo.

—Um canalha cabeludo.

—É isso mesmo. Assim, quando vi que a paz se acabara entre nós e a guerra ia começar, devolvi logo os cabelos à nuca e me lancei ao topete dele.

—Fez bem!

—Fiz, sim; mas, para ser honesto, ele também me agarrou.

—Mas não deve ter sido nada.

—Foi, sim. Fiquei machucado.

—Não foi nada; tratarei do senhor por minha conta. Tome aqui um rublo para isso.

—Agradeço humildemente. Eu bem sabia que podia confiar no senhor. Mas isso não é ainda toda a minha desgraça.

—E o que falta para completá-la?

—Cometi uma terrível imprudência.

—Qual?

—Depois da primeira batalha demos uma pequena trégua, pois nos tinham separado. Iniciou-se uma fase de discussão. Isso me deu uma loucura tão grande que nem sei o que acabei falando sobre o senhor.

—Sobre mim?

—Sim; fiz uma aposta pelo senhor: "Apresente, – disse a Safrônytch – apresente a sua queixa, mas a vontade de Hugo Kárlytch você não mudará; não o obrigará a destravar o portão."

—E o imbecil pensa que vai obrigar?

—Está firmemente convencido disso e os outros também.

—Os outros?

—Foi o que disseram todos, numa só voz.

—Oh, veremos, veremos!

—Se o senhor ceder, eles triunfarão.

—Quem ceder? Eu?

—Sim.

—Por acaso não sabe que tenho uma vontade de ferro?

—Ouvi dizer, e foi confiando nela que me arrisquei a cair em desgraça: apostei no senhor na frente de todos, tendo assim de casar cem rublos.

—Pois case, pode casar. Receberá duzentos de volta.

—Veja, deixei todos lá na taberna como se tivesse ido a casa buscar o dinheiro, mas vim foi até aqui falar com o senhor porque na minha casa, Hugo Kárlytch, só há dois rublos e meio. Nem um copeque a mais.

—Hum, isso não é bom! Por que é que o senhor não tem dinheiro em casa?

—Porque sou tolo. É por isso que não tenho dinheiro. Além disso, aqui neste país não é possível viver honestamente.

—Sim, isso é verdade.

—Sem dúvida! Eu, que vivo honestamente, ando na miséria.

—Bem, não há de ser nada. Vou lhe dar os cem rublos.

—Seja generoso, pois não estará jogando fora o dinheiro. Tudo dependerá do senhor; apenas do senhor.

—Não o estarei jogando fora; não, não! Quando receber os duzentos, me devolva os meus cem e fique com o restante.

—Devolverei sem falta.

Pektoralis entregou uma cédula ao escrivão. Este, ultrapassando a porta, gargalhou; gargalhou tanto que só a muito custo conseguiu chegar ao pátio da vizinha de Safrônytch, de onde escalou a cerca para a casa do amigo, a fim de comemorar com ele, bebendo àquele triunfo.

–Regozije-se! Viva a simplicidade russa! – disse ao chegar. Hoje peguei o alemão de um jeito que para ele me escapar será muito mais difícil que a Satanás se libertar de seus grilhões.

–Mas antes esclareça isso – insistia Safrônytch.

–Não direi nada além de que ele está capturado, preso pelo orgulho. E o orgulho, como se sabe, é um nó cego.

–Isso não é nada pra ele.

–Cale-se, homem de pouca fé. Não compreende? Um anjo andou naquele cavalo e caiu; por que não poderia um alemão também cair?

Depois de esvaziarem copos e copos, redigiram uma queixa, que Safrônytch levou ao juiz na manhã seguinte, por aquela mesma estrada real que passa pela cerca; e, embora desconfiasse um pouco do escrivão quando ele dizia que "o negócio ia resultar na inesperada felicidade", Safrônytch se tranquilizou. Apagou o forno, recusou encomendas, dispensou os funcionários e ficou esperando o que iria acontecer ao fim de tudo. Ficou na expectativa daquilo que somente ao escrivão não afligia: Jiga bebia pelas tabernas os cem rublos tomados a Pektoralis e, para divertimento de todos, mas para imenso desgosto de Hugo Kárlytch, se vangloriava de haver cruelmente enganado o alemão.

Tudo isso criou na cidade um ambiente de expectativa tão intensa que não havia pessoa que não estivesse esperando a decisão da querela entre Safrônytch e Pektoralis. E o tempo se passava. Pektoralis vivia a inchar, como a rã que imitava o boi,[41] enquanto Safrônytch puía a frente de suas roupas subindo pela cerca. Acovardando-se, mandara tanto a mulher quanto os filhos, por mais de uma vez e sempre escondido de Jiga, pedirem perdão a Pektoralis.

Mas Hugo permaneceu irredutível.

—Não – dizia ele. – Irei à casa dele, sim, conforme me convidou, mas apenas para comer panquecas russas no dia dos funerais. Antes disso, todo o mundo ficará sabendo o que de verdade é a minha vontade de ferro.

15

Safrônytch e Pektoralis enfim receberam a intimação judicial. Quando chegou o dia, compareceram ao tribunal.

O salão, como era de se esperar, estava repleto. Como já disse, o cômico litígio era conhecido de toda a cidade; estavam todos a par daquele caso singular, inclusive do ocorrido com o escrivão, que espalhou pessoalmente a história de como passara a perna no alemão. Tanto nós,

---

[41] Da conhecida fábula "A rã e o boi", cuja versão russa, *Liagushka e vol*, de 1807, deve-se ao fabulista Ivan Krylov (1769-1844).

antigos companheiros de Pektoralis, quanto nossos patrões, queríamos ver e ouvir como aquilo iria se resolver e em que tudo iria dar.

Chegaram ambos sem advogados. Pektoralis estava naturalmente convencido de seus direitos e considerava que melhor do que ninguém podia dizer o que precisava ser dito. Para azar de Safrônytch, o escrivão desejara falar por ele. Jiga até andou se preparando para isso, mas como sua preparação era levada de um jeito muito particular, na noite anterior, ele acabou caindo bêbado de uma ponte num fosso e por pouco não morreu da morte do "rei dos poetas". Em consequência desse acidente, Safrônytch desanimou-se mais do que já estava e ficou de cabeça baixa. Pektoralis, muito pelo contrário, encheu-se de ânimo: ele estava armado até os dentes com sua inabalável vontade de ferro, que iria ter sua oportunidade de manifestar-se não a um pequeno círculo doméstico ou a alguém em particular, mas à sociedade de uma cidade inteira. Bastava olhar para o alemão para ver como ele compreendia a importância do momento e como era clara sua convicção de que seria capaz de aproveitá-lo. Aos seus concidadãos se mostraria um homem firme, que inspirava respeito por si e que, por assim dizer, iria fundir a própria face em bronze, para a memória dos tempos. Aquele realmente era, como dizem os oficiais russos, o "momento" do qual dependia tudo.

Pektoralis sabia que a anedota original que tinha sido seu casamento provocara um sem-número de histórias engraçadas em que sua vontade de ferro fazia dele alvo de comentários. Começavam zombando dos fatos reais, como a viagem de dois longos meses invernais no impermeável, passavam pela guerra russa com Offenberg e a imprudência de se deixar enganar pelo escrivão bêbado, e terminavam com as mais incríveis fábulas. O próprio Hugo sabia que o destino começava a caçoar dele com uma certa crueldade e (como sempre ocorre nas horas de azar) começava também a tirar dele o que lhe era inalienável: a parcimônia, o claro saber e a razão. Ainda há pouco, ao construir sua moradia na cidade, quisera surpreender a todos com a qualidade do conforto de sua casa e, para isso, instalou a calefação a ar quente; mas devido a um erro grosseiro que cometera, o forno do porão se aquecia até ficar em brasa, ameaçando se esfarelar, mas o frio na casa continuava insuportável. Pektoralis e a esposa congelavam, e não recebiam ninguém em casa para que não soubessem que isso acontecia; mas ele contava por aí que em sua residência estava tudo magnífico e muito bem aquecido. Pela cidade, porém, corria o boato de que enlouquecera, de que o vento frio o deixara tonto, e aqueles que espalhavam isso julgavam-se muito espirituosos. Diziam que a carruagem em que Pektoralis viajava como um "deus mordoviano", como que caçoando dele, tinha se desmoronado quando atravessava o rio a vau, fazendo com que a poltrona se soltasse e o cavalo saísse desabalado para casa só com as rodas, enquanto ele ficava sentado na poltrona dentro d'água. Ele fora visto assim pelo comissário de polícia que por acaso passava por lá e, segundo contaram, comentou em voz alta: "Mas que idiota foi colocar uma poltrona bem ali?"

E, de fato, parecia que Pektoralis só podia ser um idiota.

O comissário retirara o alemão da poltrona e o levara para se secar em sua casa fria. A poltrona ficara no rio por um bom tempo; muitas pessoas ainda puderam vê-la. Depois disso, os camponeses passaram a chamar o lugar de "vau do alemão". O que nisso havia de justo ou de exagero era difícil dizer; mas parece que Hugo Kárlytch, na realidade, arrebentara-se e ficara sentado no rio até que o comissário o levasse para casa. Foi o próprio comissário que contou sobre este acontecido; quanto à carruagem do "deus mordoviano", parece que não foi mais vista. Tudo isso, dada a propriedade das desgraças surgirem aos montes, como costumo dizer, aconteceu com Pektoralis como se tivessem sido preparadas para ele, e deram-lhe um ar de bufão que não trazia vantagem à sua reputação – que mal se consolidara e já estava em decadência – de homem firme e empreendedor.

Nossa querida Rus[42], onde as grandezas crescem com a mesma rapidez com que desmororam, se fez pungente também a Pektoralis. Ainda ontem, para todos, na área em que se especializara, sua palavra era lei, mas agora, depois que Jiga o tapeara, não havia mais quem confiasse nela.

O mesmo comissário que o retirara de seu assento fluvial o chamou para pedir conselhos a respeito da planta que havia traçado para uma casa nova, dizendo a ele:

—Então, meu caro, faça de um jeito que de fachada tenha nove braças, conforme seja o terreno, e que tenha também seis janelas; no meio, uma varanda com uma porta.

—Mas aqui não é possível fazer tantas janelas – respondeu Pektoralis.

—E por que não?

—A escala não permite.

—Não? Não está compreendendo que é no campo que vou construir a casa?

—Tanto faz, na cidade ou no campo, não é possível porque a escala não permite.

—Mas que escala temos no campo?

—Ora, que pergunta! Em toda parte há uma escala.

---

[42]Frequente no folclore e na poesia, a palavra remete à Rus Kieviana, ancestral cultural da civilização russa e primeiro estado eslavo do Oriente (século IX).

—Garanto a você que entre nós não existe escala alguma. Pode desenhar sem medo as seis janelas.

—E eu estou lhe dizendo que isso é impossível – insistiu Pektoralis – e que não seria possível de maneira alguma: a escala não permite.

O comissário olhou e olhou, depois assobiou por um tempo e disse:

—Bem, tenho pena de você, Hugo Kárlytch, mas não há o que fazer, pelo visto não há. E, não havendo o que fazer, vou ter que pedir a outro que desenhe a planta.

E saiu contando essa história a todo mundo:

—Imaginem só, como é tolo aquele Hugo, pois eu lhe disse: quero construir tantas janelas numa casa no campo, e ele me responde: "a escala não permite".

—Não pode ser!

—É a mais pura verdade. Juro por Deus.

—Mas que imbecil!

—Um completo imbecil. Julguem os senhores mesmos. Disse a ele: sejamos razoáveis, meu caro, é em minha própria aldeia que vou construir a casa, que regulamento, escala ou proporção poderá me impedir? Mas não teve jeito. Disse mais uma coisa ou outra, o idiota, mas não me retrucou.

—Sim, é um idiota.

—Está claro que é. Achou uma escala para a casa senhorial. Evidente que é um tonto.

—É evidente; mas quem são os culpados? Nós!

—Somos nós, naturalmente.

—Por que fomos exaltá-lo?

—É isso mesmo! Não devíamos ter dado tanto cartaz a ele.

Em resumo, Pektoralis não estava em vantagem naquela época; se antes soubesse o que significa estar numa fase dessas, – em qualquer parte, de um modo geral, e na Rússia, em particular, – iria compreender que teria sido muito melhor não ter trancado o portão a Safrônytch.

Mas o alemão não acreditava em fases e não perdia o ânimo, que, como veremos logo adiante, ele tinha até muito mais do que seu passado permitia supor. Sabia que o mais importante era não perdê-lo, porque, como disse Goethe, "perder o ânimo é perder tudo",[43] e por isso foi ao julgamento do caso com Safrônytch com a mesma disposição daquele Pektoralis que eu encontrara na fria estação de Vassíliev Maidán – um homem firme e resoluto. Estava agora um pouco mais velho, naturalmente, mas tinha o mesmo aspecto, a mesma audácia, a vaidade e a presunção eram exatamente as mesmas.

—Por que não trouxe um advogado? – cochicharam-lhe os conhecidos.

—Meu advogado está aqui comigo.

---

[43]Citação da coleção de epigramas satíricos *Zahme Xenien*, de Johann von Goethe (1749 - 1832)

–Mas quem é ele?

–Minha vontade de ferro – respondeu sucintamente Pektoralis, ante o momento mais decisivo, depois do qual já não se podia conversar com ele, porque começava o julgamento.

16

As descrição de tribunais e julgamentos costumam ser tão desagradáveis para mim, que não vou representar a vocês em minúcias, quanto às pessoas e às circunstâncias do processo, como foi que tudo aconteceu; direi simplesmente como chegaram a uma decisão.

Safrônytch se apresentou de maneira respeitável, ficou de pé, metido em sua longa sobrecasaca marrom – já puída na frente devido às constantes passagens pela cerca – e contou sua história, balançando a cabeça candidamente e abanando as mãos com a indolência de sempre, enquanto Hugo, também de pé, mantinha as mãos napoleonicamente cruzadas sobre o peito e, quando não guardava o mais tranquilo silêncio, dava uma ou outra resposta monossilábica, mas sempre firme e categórica.

A contenda não era complicada, assim, foi dirimida sem demora. Não havia mesmo nada escrito no contrato sobre o portão e a passagem pelo pátio. O tom de voz do juiz que interrogava deixava claro que se apiedava de Safrônytch e que o ajudaria se soubesse em que se basear para defendê-lo. Neste ponto, a causa de Safrônytch parecia estar perdida; mas, de uma maneira que surpreendeu a todos, a lua nos revelou o outro lado de sua face. O juiz apresentou documentos que comprovavam os prejuízos suportados por Safrônytch em decorrência dos desmandos de Pektoralis. Não eram particularmente exagerados; foram calculados, com base na interrupção dos meios de produção, em quinze rublos por dia.

A conta era exata, clara e inquestionável. Era um prejuízo que Safrônytch realmente poderia ter, se em condições normais a produção marchasse como devia, o que, graças à indolência e ao descaso de seu gerente, jamais acontecera.

No entanto, a corte considerou da seguinte maneira: desde que essa estimativa se comprovasse, o prejuízo diário de Safrônytch equivalia àquilo que seria possível faturar num dia, caso ele estivesse plenamente livre para trabalhar.

—O que acresce a isto, senhor Pektoralis? – questionou o juiz.

Pektoralis encolheu os ombros, sorriu e respondeu que não era de sua conta.

—Mas o senhor causa-lhe prejuízos.

—Não é de minha conta – respondeu Pektoralis.

—O senhor não aceita acordo?

—Oh, jamais!

—E por que razão?

—Senhor juiz, — respondeu Pektoralis, — isso é impossível; tenho vontade de ferro e todos sabem que, uma vez que decido como tem que ser, não é mais possível mudar. Não abrirei o portão.

—É sua última palavra?

—Oh, sim, absolutamente, é minha última palavra!

Pektoralis, que então exibia um cavanhaque protuberante, continuou de pé e o juiz começou a escrever. Não se demorou muito escrevendo, mas escreveu bem.

A decisão da corte proporcionou um grande triunfo à vontade de ferro de Pektoralis e ao mesmo tempo lhe desferiu um golpe mortal. Enquanto que a Safrônytch, de acordo com a correta previsão de Jiga, proporcionou uma felicidade mais que inesperada.

A sentença judicial não abriu o portão fechado por Pektoralis. Reservava ao alemão o direito de com isso aprazer sua vontade de ferro, mas, por outro lado, obrigava-o a compensar os prejuízos de Safrônytch ao montante de quinze rublos por dia.

Safrônytch ficou muito satisfeito com essa decisão; e, para surpresa geral, Pektoralis também se mostrou satisfeito.

—Estou muito contente – disse ele. - Eu disse que o portão ficaria fechado e ficará mesmo.

—Sim, mas isso vai lhe custar quinze rublos por dia.

—Correto, mas ele não ganhou nada.

—Ganhou quinze rublos por dia.

—Mas disso eu não falo.

—Está bem, mas me permita lhe dizer que são vinte e oito dias de trabalho no mês...

—Fora a *kazánskaia*.[44]

—Sim, fora a *kazánskaia*, são duzentos e oitenta, mais cento e quarenta; ao todo, quatrocentos e vinte rublos por mês. Por volta de cinco mil por ano. Hugo Kárlytch, meu caro, que vitória diabólica! Safrônytch jamais arrecadaria uma importância dessas. O que ele conseguiu foi reduzir o senhor à escravidão!

Hugo piscou os olhos. Sentiu que a causa tinha saído caro, mas mostrou sua vontade. No primeiro dia do mês, para a tranquilidade de Safrônytch e sua própria ruína, ele entregou a soma ao juiz.

E daí em diante foi assim: chegado o primeiro dia de cada mês, Safrônytch depositava em juízo os quinze rublos devidos a Pektoralis, referentes ao mês de aluguel, e de lá trazia para casa, por aquela escada escorada na cerca, os quatrocentos e vinte rublos depositados pelo alemão em seu favor.

---

[44] Referência às festividades de Nossa Senhora de Kazán, acontecidas em 22 de outubro (4 de novembro no calendário gregoriano) e que comemoram também o fim da invasão lituano-polonesa de 1612.

Grande negócio! Que vida gloriosa Safrônytch passou a levar! Nunca vivera assim, nem sequer pensara que se podia viver tão leve, que a existência podia ser tão livre e folgada. Fechou a oficinazinha e o depósito – andava assobiando por aí, tomando chá ou regalando-se com vodca em companhia do escrivão; depois, subia pela escada e dormia tranquilo. Andava dizendo a todo mundo: "Eu não guardo ressentimento algum, foi Deus quem o enviou a mim como um prêmio à minha simplicidade. Agora, de uma coisa eu tenho medo: que ele morra antes de mim. Deus não há de permitir, pois Hugo prometeu ir comer as nossas panquecas em minha casa no dia de meu funeral e ele sempre mantém a palavra. Que minha mulher cuide de alimentá-lo direitinho nesse grande dia, mas, enquanto não chega, que Deus o guarde por muitos anos, pra que trabalhe pra mim."

E, como Safrônytch realmente não era rancoroso, em relação a Pektoralis sempre demonstrava cortesia; quando o encontrava, já de longe lhe tirava o gorro e fazia uma mesura, depois gritava:

–Salve, caro Hugo Kárlytch! Salve, meu alimentante!

Mas Hugo não compreendia essa cordialidade; tomava-a por ofensa e, enfurecendo-se, vociferava:

–Passe por longe, mujique. Vá subir a cerca, que é por lá que o obriguei a passar.

E Safrônytch bonacheiro respondia:

—Mas o que é que o enfurece, meu senhor, por que essa raiva? Se é para subir a cerca, subirei – e seja feita sua vontade; mas é com todo o respeito que o trato, sem nenhuma ofensa.

—E ainda teria coragem de me ofender?

—Não teria, meu senhor, não teria, por nada. Ao contrário, rezo a Deus por você todos os dias, pela manhã e à noite, com toda a minha família.

—Não preciso disso.

—Ah, meu benfeitor, somos nós que precisamos de que Deus o conserve pelo maior tempo possível; é o que inculco aos meus filhos: "não se esqueçam, filhotes, de pedir que nosso benfeitor viva pelo menos uns cem anos e rasteje por outros vinte.

"Que negócio é esse de 'rastejar'?" – interrogava-se Pektoralis. – "Cem anos viver e outros vinte rastejar... Isso de 'rastejar' será boa ou má coisa?"

Quando foi esclarecer, descobriu que a coisa era antes má do que boa, e a partir desse momento a saudação de seu adversário tornou-se um novo tormento para ele. Mas Safrônytch não deixou de proferi-la; e, como se não bastasse cumprimentar Pektoralis com essas palavras, ele gritava:

—Viva e aproveite, sem deixar de rastejar depois!

A família de Safrônytch, embora derrotada em sua causa, sendo obrigada a se comunicar com o mundo através da cerca, graças à contribuição de Pektoralis vivia agora numa prosperidade que jamais conhecera, e, de acordo com o que Jiga tinha previsto, na mais serena paz. Em contrapartida, para Pektoralis, que era o vitorioso do processo, as coisas iam muito mal: a multa a que fora condenado, repetindo-se mês a mês, tornara-se tão pesada que não só absorvia a sua renda, já o ameaçava de arruinar-se completamente.

É verdade que Pektoralis se encheu de brios e a ninguém se queixou de sua sorte; até parecia alegre, como um homem que, para a consideração geral, defendera publicamente seu direito; mas nessa sua alegria já se começava a notar algo de afetado. E em realidade não poderia esse teimoso deixar de ver adiante e perceber como isso iria acabar, nem poderia aguardar com a alma em júbilo por esse desfecho cômico e desesperado. A coisa era simples e clara: por mais que trabalhasse e arrecadasse, não lhe sobrava nada além do que necessitava para satisfazer a dívida que tinha com Safrônytch. Mesmo que ganhasse mais de cinco ou seis mil rublos já no primeiro ano, o que não seria fácil, desse valor não lhe restaria nada para investimento no negócio, nem mesmo para o seu sustento. Por isso, seu recém-iniciado empreendimento descambava velozmente para a decadência. Seu triste fim já se podia antever. A vontade de Pektoralis era imensa, mas o capital era demasiado pequeno para suportar seus caprichos; teria de reaver todo o amealhado na Rússia para pôr as coisas nos eixos. O engenheiro de fato passava por uma terrível provação e, ao que parece, preferia morrer a entregar-se vivo. E só Deus sabe em que terminaria essa história, não fosse uma intervenção do acaso aprontar para ela o mais imprevisível dos finais.

17

Nessa situação que descrevi acima, passou-se um ano inteiro, depois outro. Pektoralis, gastando cada vez mais, empobrecia rapidamente; enquanto Safrônytch, afundando-se no vício, passara a vagabundear pelas ruas. Dessa forma, a contenda não trouxe vantagem a nenhuma das partes; no entanto, houve alguém que tratou da situação com um pouco mais de inteligência – foi Maria Matviêievna, a mulher de Safrônytch. Apesar de tão simples quanto o marido, teve sobre ele a feliz vantagem de imaginar o seguinte:

"Como é que vamos ficar quando tivermos tirado tudo do alemão?"

Esse questionamento, além da sólida fundamentação que tinha, teve consequências muito importantes. Maria Matviêievna viu claramente o que, aliás, era difícil não ver – que ao final do segundo ano a fábrica de Pektoralis já tinha parado de funcionar e que Hugo, ele próprio, enfrentava o frio inclemente desprotegido, sem casaco de peles, metido numa jaqueta velha, toda puída; e que levava, talvez por pura gaiatice, um pince-nez à mostra, pendurado em um cordão. Já não lhe restavam mais bens e, o que é pior que tudo, reputação alguma além daquela cômica distinção que havia adquirido entre nós por causa de sua vontade de ferro. E, para dizer a verdade, essa fama não ia ser nada útil para ele.

Como se fosse pouco, a esse tempo lhe sobreveio uma nova desgraça: foi abandonado por sua cara metade. E esse repúdio a ele aconteceu da forma mais pérfida e descarada, pois Klara Pávlovna levou consigo tudo de valor que lhe fora possível levar. Para completar o infortúnio, a atitude dela foi justificada por todos; achavam que ela devia mesmo era ter fugido, em primeiro lugar, porque Pektoralis tinha em casa fornos muito originais, que ardiam na entrada mas não aqueciam os cômodos da casa, e, em segundo lugar, porque seu próprio caráter era muito extravagante. Era tão bizarro que devia ser impossível conviver com ele: fazia tudo que lhe passasse pela cabeça absolutamente de acordo com o que determinava. Admiravam-se de que a esposa não o tivesse abandonado antes e levado mesmo tudo o que pudesse, quando ele estava em condições melhores, antes de ter passado tudo a Safrônytch como pagamento da multa.

Desse modo, além de espoliado, o desventurado Hugo foi visto como o culpado por tudo que lhe acontecera; e não era mesmo possível dizer que não houvesse fundamento para essa incriminação. Roubá-lo, é claro, não era justo, mas viver com ele devia ser realmente insuportável; eis o motivo pelo qual se viu sozinho no mundo e, era possível dizer assim, na mais absoluta indigência; entretanto, de sua vontade de ferro ele não abriu mão. A situação de Safrônytch, como eu já disse, não era muito melhor. Ele passava todo o tempo em tabernas e estalagens e quando encontrava o alemão, o enfurecia, desejando-lhe que vivesse cem anos em perfeita saúde e rastejasse por mais vinte.

Se pelo menos não houvesse isso; se pelo menos poupassem Pektoralis dessa infâmia e humilhação, tudo seria mais fácil para ele.

E eis que um dia, talvez para aliviar essa situação, Pektoralis apresentou uma queixa contra Safrônytch, na qual pedia que o condenassem por esse tal de "rastejar", pois segundo seu entender, não havia motivos para que um alemão rastejasse.

—Ele, sim, é que anda desse jeito; frequentemente sai das tabernas rastejando – disse Pektoralis.

Mas a sorte estava cegamente do lado de Safrônytch e obstinadamente contra Pektoralis – o juiz, para começar, não partilhava a visão de Hugo quanto ao termo "rastejar", além disso, não via razão para que um alemão eventualmente não rastejasse. E depois, examinando a palavra segundo o contexto em que fora pronunciada, o juiz considerou que desejar que Hugo rastejasse depois de ter vivido cem anos, como vinha dizendo Safrônytch, não passava da expressão dos mais sinceros votos de logevidade ao alemão, já no contexto em que este último a empregou – "sair rastejando das tabernas" –, a mesma palavra foi considerada profundamente ofensiva e por isso Hugo estava sujeito a uma pena.

Hugo não acreditou em seus ouvidos. Achou essa interpretação algo absurdo – uma clamorosa injustiça russa. No entanto, foi condenado, segundo o pedido do exultante Safrônytch, a pagar ao seu contendor uma indenização estipulada em dez rublos. Já completamente perturbado, o alemão teve de depositar seu último centavo para compensar Safrônytch por tê-lo ofendido com o verbo "rastejar". Cumprindo essa pena, Pektoralis percebeu que, além de amaldiçoar o dia de seu nascimento e perecer junto à sua vontade de ferro, já não lhe restava mais nada a fazer. Certamente assim teria feito se não estivesse comprometido pela resolução de "sobreviver" ao inimigo e ir comer panquecas russas nos funerais dele. E Pektoralis tinha de cumprir essa palavra!

Pektoralis estava numa situação parecida com a de Hamlet: dois desejos e duas vontades enfrentavam-se nele. Ainda que fosse um homem já consideravelmente batido, ele não encontrou meio de decidir "o que seria mais nobre para a alma" – finar-se com a vontade de ferro ou continuar arrastando, ainda com a vontade de ferro, aquele estado de assolação?[45]

Os dez rublos que usou para indenizar Safrônytch eram os seus últimos, já não havia mais como pagar aquela indenização mensal.

"Bem – disse de si para si – virão à minha casa e verão que não tenho nada... *Não há mais nada*. Verão que nem mesmo estou comendo, que não comi hoje, e que amanhã... amanhã também não comerei, e depois de amanhã também não, e então morrerei... Morrerei, sim, mas minha vontade será sempre de ferro."

Entretanto, enquanto Pektoralis se achava na mais terrível das condições, a suportar os mais desesperançados minutos de sua vida, em seu destino já se aprontava uma nova crise, completamente inesperada, que não sei se devo qualificar de feliz ou infeliz. Mas no destino de Safrônytch também ocorreram coisas importantíssimas, eventos capazes de alterar vertiginosamente a face das coisas e encerrar a luta destes dois heróis da forma mais inverossímil deste mundo.

---

[45]Do conhecido monólogo do ato III de Hamlet: "Será mais nobre sofrer na alma pedradas e flechadas do destino feroz ou pegar em armas contra o mar de angústias – e, combatendo-o, dar-lhe fim?" (Fernandes, M. 1988)

18

É preciso que se diga que, enquanto Pektoralis litigava com Safrônytch, arruinando-se com a transferência em parcelas estipuladas de todos os seus recursos em favor dele, o russo, apesar de convertido em bêbado inveterado, estava em melhores condições que o alemão. Isso ele devia à esposa, que não o abandonara, como fizera Klara ao marido. Maria Matviêievna, ao contrário da alemã, tomara a seus cuidados o marido beberrão. Ela mesma pagava o aluguel, assim como tirava de Safrônytch a indenização que recebia de Pektoralis. A fim de que o ébrio pequeno burguês, em vez de disputar com ela, se submetesse à ordem que tinha estabelecido, ela não o apertava demais e dava a ele cinquenta copeques por dia para que gastasse como bem quisesse. É evidente que esse gasto era feito de acordo com um determinado propósito: durante o dia Safrônytch bebia seus cinquenta copeques e à noite voltava à casa pela escada junto à cerca, que era já velha conhecida sua. Nenhum grau de embriaguez o afastava desse caminho original. Deus, que, segundo a crença popular, protege as crianças e os bêbados, manifestava a Safrônytch, fosse qual fosse a condição em que se encontrasse, toda a Sua misericórdia – na escuridão, sob a chuva, a neve e a geada. Safrônytch subia a escada até alcançar o topo da cerca com incrível desenvoltura, e, da mesma maneira, jogava-se para o outro lado, onde era propositalmente deixado um montículo de palhas. E pensava em continuar fazendo assim por muitos anos, tantos quantos fossem necessários para completar aqueles cento e vinte anos que augurava a Pektoralis viver e rastejar. Não lhe passava nem de longe pela cabeça que um dia os fundos de Pektoralis podiam se esgotar. Onde é que já se viu um alemão ficar sem dinheiro na Rússia? Acontece de a vida ser mais fácil para uns, mas difícil para outros, mas com eles é diferente, pois na conta deles sempre vai parar algum.

A mulher de Safrônytch, na sua imprevisível intuição feminina, pensava diferente e, interceptando todo o dinheiro arrancado de Pektoralis pelo marido, juntou um capitalzinho; com isso, deixou de querer subir pela cerca e resolveu comprar uma casinha – bonitinha, limpinha e alegrezinha, de alicerces altos, com sótão e um telhado anguloso bem alto; numa palavra, uma excelente casinha; além de tudo isso, ficava bem ao lado de seu antigo lar, onde os negócios de sua família foram arrasados pelo férreo Pektoralis.

Essa compra se deu justamente ao tempo em que Safrônytch litigava com Pektoralis por causa do "rastejar". E foi precisamente no dia em que o ex-fundidor obteve a inesperada vitória sobre o alemão e recebeu a multa de dez rublos, que a família de Safrônytch mudou-se para a nova morada e lá se alojou com um conforto que há muito não via.

Safrônytch não teve participação alguma nisso. A família, que há tempos o considerava imprestável, já não contava com a ajuda dele, por isso arranjou-se como quis e como pôde.

Quando Safrônytch recebeu os dez rublos, importância significativa para ele, escondeu-os da esposa e conseguiu escapar para uma taberna, onde caiu na farra. Três dias e três noites já haviam se passado desde que a família se mudara para a nova casa e ele ainda perambulava por aí, de taberna em taberna, estalagem em estalagem, bebericando com os amigos e desejando ao alemão que gozasse de saúde por cem anos e rastejasse outros cem. Na sua imensa bondade, erguia brindes e formulava os mais ardentes votos ao alemão.

–Sou um sujeito tolo, tolíssimo. O finado Jiga era quem me dizia a verdade quando afirmava que sou imbecil, mas que havia uma benção inesperada para mim nesse alemão. E por quê? "Que é o homem, para que dele te lembres, ou o filho do homem, para que o visites?"[46] Onde está dito isto?

–Nas Escrituras.

–Muito bem, nas Escrituras, mas nós acaso nos lembramos dessas coisas? Oh! Não nos lembramos, não nos lembramos nunca.

---

[46] Citação da Epístola de Paulo aos hebreus, II – 6, onde se lê: "Mas em certo lugar testificou alguém, dizendo: Que é o homem, para que dele te lembres? Ou o filho do homem, para que o visites?" (Almeida, J. F.)

–Somos fracos.

–Uns fracos, sem dúvida. Vermes é o que somos, não homens... Somos o opróbrio dos homens. Mas até os vermes Deus se digna a conservar. Ele o acomoda de uma maneira que é impossível querer melhor, como você não podia nunca imaginar. E, sendo você um fraco, manda-lhe um alemão para que viva por conta dele.

–Só tome cuidado com uma coisa, – preveniram-no, – que o seu alemão não se canse e acabe abrindo o portão.

Mas isso o atordoado Safrônytch não temia.

–Que abrir o quê? – Contestou. – Não abrirá por nada no mundo. Ele não passaria uma vergonha dessa perante sua nação. Entre eles está estabelecido que se algo foi dito, deve sem falta ser cumprido.

–Ora, mas que canalhas!

–Pois é, com eles é assim e foi ele mesmo que explicou isso no tribunal: "Minha vontade é de ferro." – Disse. É com ela que ele se garante. Isso é difícil pra ele.

–É difícil.

–Deus livre os homens – especialmente nossos irmãos, os russos – de uma vontade dessa, que esmaga.

–Esmaga.

–Bebamos, antes. Para que falarmos sobre isso? Está anoitecendo. Bem, queira Deus que ele goze de boa saúde por cem anos e me sobreviva.

—Exatamente, meu irmão, que lhe sobreviva.

—Digo o mesmo, que me sobreviva; terá ao menos essa consolação.

—E que consolação!

—Que vá à minha casa e coma nossas panquecas.

—Você tem uma alma e tanto, Safrônytch!

—Minha alma é boa, sim, mas tem uma coisa, tudo bem que ele me sobreviva... mas só um pouquinho.

—Sim, um bocadinho de nada.

—Assim, veja, como a ranhura desse copinho.

—E já é o suficiente.

—Sim, como essa ranhurazinha.

Depois dessa medição, os amigos esvaziaram os copos; por muito tempo beberam à saúde de todo mundo e, por fim, passaram a beber pelo descanso da alma do benfeitor de Safrônytch, o escrivão Jiga, que forjara para eles toda aquela felicidade; e cantaram bem alto e desafinadamente a canção "Memória Eterna",[47] mas foi aí que o fim começou a ter seu estranho começo, algo que ainda hoje permanece sem explicação.

Assim que os bêbados terminaram de cantar a "Memória Eterna" em homenagem ao falecido, ouviu-se, em meio à escuridão da noite,

---

[47] *Viétchnaia pámiat*, canto litúrgico da Igreja Ortodoxa, entoado nos funerais.

uma tremenda pancada na janela da taberna e viu-se um rosto monstruoso que olhava para dentro. Amedrontado, o taberneiro apagou imediatamente a luz e tocou seus frequentadores para fora, deixando-os na rua escura. Os amigos afundaram-se na lama até o joelho e num instante perderam-se uns dos outros em meio ao denso e escorregadio nevoeiro outonal, em que o pobre Safrônytch mergulhou como uma mosca em espuma de sabão, perdendo inteiramente os sentidos.

Mal se sustentando sobre as pernas, esforçou-se demoradamente por esconder no bolso uma garrafinha arrolhada de vodca que agarrara em meio à correria; depois começou a querer chamar alguém, mas a língua, depois de ter trabalhado ininterruptamente por três dias, ficou de repente tão cansada que parecia pregada à garganta e não queria se mexer. Mas isso não era tudo; Safrônytch se tornou completamente imprestável: as pernas não estavam mais dispostas que a língua e também não queriam se mover, os olhos não viam, os ouvidos não ouviam e a cabeça pendia irresistivelmente para o sono.

"Epa, seu diabo de uma figa... não, a mim você não vai enganar com isso!" – Pensou Safrônytch. – "Foi numa dessas que Jiga se deitou para dormir e não se levantou mais. Não quero que o alemão me sobreviva por muito tempo. Que me sobreviva, mas só um pouquinho."

Ele se reanimou e deu mais uns cinco passos, mas, sentindo que tinha se afundado na lama até acima dos joelhos, parou novamente.

"Valha-me Deus, estou-me afogando, mas não tanto como a Inglaterra"[48] – exclamou em pensamento. – "O diabo é que sabe onde é que fui parar e onde é que está a minha casa. Ah! Onde é mesmo que está a minha casa? E minha escada? *Foi o cão que a comeu inteira com* kvas.[49] Quem está falando aí que o cão comeu minha casa com kvas? Hein? Apareça – se for homem de paz, sirvo-lhe vodca, mas se não for, façamos a guerra russa".

"Vamos lá!" – ouviu-se de dentro no nevoeiro, no mesmo instante em que alguém sapecou um pesado bofetão em Safrônytch, fazendo-o cair no pâtano.

"Bem, acabou. – pensou ele – Perdi toda a memória e não sci mais o que se passa comigo. E onde é que meus amigos foram se meter? Que beberrões! *É mesmo verdade que beber com pinguços não é boa coisa; nada mais vai me fazer beber com pinguços novamente.* Quê? Mas quem é que continua a conversar comigo? Se estiver ouvindo, fale, por favor: que é que está procurando em mim? Aqui não encontra nada, irmão: escondi a garra-

---

[48]Provável alusão às lendas e profecias sobre a destruição das Ilhas Britânicas por maremotos e enchentes.

[49]Bebida muito apreciada na Rússia, produzida a partir da fermentação do pão.

finha debaixo de mim. Arre! Pare, pare! Por que me puxa agora pelo topete com tanta força? Pois saiba que isso não adianta. E novamente me puxa, agora pelas orelhas. Bem, é claro que isso é outra coisa, é algo que age sobre a memória, mas é também muito doloroso. Deixe que eu me levante, é melhor".

Em parte por vontade, em parte contra a vontade, Safrônytch afinal se levantou e começou a andar. Não que estivesse inteiramente certo do que devia fazer, mas lhe parecia que se não andasse, a terra debaixo de seus pés fugiria; o fato era que alguma coisa acontecia ali, alguém o conduzia, sustentava-o, mas nada dizia. Falou uma vez apenas: "Ora, vejam só quem é!" E seguiu...

"O que é isso? Quem está me levando? Será o diabo? É certamente algo maligno. Mas que me guie só até a escada, pois reconheço meu caminho".

Quando chegou com Safrônytch à escada, o guia lhe disse:

—Suba; agarre-se com força ao corrimão.

A essa altura, depois da caminhada que fizeram, a língua de Safrônytch tinha retornado; então respondeu:

—Espere aí, meu irmão, espere! Conheço as minhas coisas melhor do que você: a minha escada não tem corrimão.

Mas o guia não se deteve em conversas, e, agarrando as orelhas de Safrônytch, pôs-se a amassá-las como se faz com a casca da bétula.[50]

—Lembrou? – perguntou.

"Bem – pensou Safrônytch – faço melhor dizendo que lembrei".

E começou a subir pela escada. Mas, por mais que subisse, nunca chegava ao fim.

"Valha-me Deus, não é a minha casa!" – apercebera-se Safrônytch, pois quanto mais alto se elevava, mais claramente ia se lembrando de como costumava ser quando subia por sua escada. Subiu mais alguns degraus e aconteceu de tudo ir se tornando mais e mais iluminado, depois surgiram as estrelas, a lua, o azul celeste... É certo que o tempo estava muito ruim, mas, ainda assim, viu-se que era algo sem igual o que se daria a seguir. A cada passo tudo se tornava mais escuro. Por que é que escureceu até o ponto em que não se via mais um palmo adiante do nariz? E de onde vinha aquele sufocante cheiro de fuligem e de cinza? E aquilo não tinha fim, não chegava nunca ao cobiçado topo de sua cerca, de onde ele já teria há muito dado aquele salto, em vez disso, a estrada continuava subindo, subindo... E de repente um golpe ensurdecedor foi aplicado com grande força bem no alto da cabeça dele. Graças ao golpe, não apenas viu faíscas, mas um faixo inteiro de luz chispou de seus olhos e ilumina-

---

[50]Desde a Antiguidade a casca da bétula – *beriosta* – é utilizada na construção de casas e na confecção de diversos utensílios.

ram... poderiam imaginar a quem? – iluminaram o escrivão Jiga!

Não pensem, por favor, que isso tenha aparecido em sonho a Safrônytch ou que tenha acontecido outra coisa do gênero. Não! Foi exatamente assim, como estou contando. Safrônytch subiu por uma escada infinitamente comprida e encontrou-se com Jiga, que reconheceu por iluminação interna, e a quem disse:

–Bem, seja feita a vontade de Deus. Salve!

Sentado numa cadeira de pedra, Jiga meneou a cabeça para ele e respondeu:

–Salve! Estou contente por ter vindo: estamos há muito tempo juntando provisões para você.

–É, então vim mesmo parar foi no... Como é escuro aqui no inferno... Bem, não há o que fazer. É o meu fim.

E Safrônytch sentou-se, sacou a garrafinha do bolso, bebeu o mais que pôde, depois a passou para Jiga.

19

Enquanto esses acontecimentos estranhos se passavam com o desnorteado e bêbado Safrônytch, que se detivera um tempo com o finado Jiga naquela elevadíssima e inexplicável altura – tomada por ele como as profundezas do inferno – sua família vivia uma noite de extrema apreensão na nova casa. Apesar de estarem todos terrivelmente cansados da mudança e da acomodação dos pertences no novo lar, seu pesado sono foi constantemente interrompido por um barulho misterioso, que começou antes da meia-noite e continuou até quase ao amanhecer. Tanto a dona da casa quanto os demais que lá estavam notaram que alguém andava pelo sótão, bem acima de suas cabeças. Inicialmente de mansinho, como um ouriço, depois, como alguém que se enfurecera, parecia que mudava uma coisa de lugar, depois arremessava outra, numa agitação que não tinha sossego. Alguns tiveram a impressão de ouvir um murmúrio, ruídos surdos e um zumbido inteiramente incompreensível. Os que despertaram, depois de passarem a ouvir com aflição aqueles barulhos, acordaram os outros, persignaram-se e determinaram unanimemente que a causa daquele incômodo que vinha de cima não podia ser outra coisa, era claro, que não as travessuras de algum espírito imundo que, como é sabido de todo bom ortodoxo, sempre mete-se nas casas novas antes dos donos e se instala preferencialmente nas partes mais altas, como os palheiros e os sótãos, ou em qualquer lugar onde não se costuma pôr imagens.

Evidentemente, com a boa família de Safrônytch aconteceu a mesma coisa, isto é, o demônio enfurnou-se na nova casa antes que ela se mudasse para lá. Não podia ter sido de outro modo, pois que Maria Matviêievna, assim que entrou na casa, desenhou a giz com as próprias mãos uma cruz em cada porta; ao tomar essa precaução, não esqueceu a porta da casa de banho, nem aquela que se abria para o sótão, por conseguinte, claro estava, não restara caminho livre ao espírito imundo, que só podia ter entrado ali previamente.

Mas aconteceu que podia também ter ocorrido de outra forma. Quando, após aquela apreensiva noite, chegou a manhã e, com a aproximação dela, cessaram os demoníacos ruídos e passou o pavor, Maria Matviêievna, tendo saído do quarto antes dos outros, viu que a porta da escada que levava ao sótão estava escancarada e que a cruz de giz feita pela mão da piedosa mulher tinha ficado escondida, deixando a entrada sem nenhuma defesa contra o diabo.

Maria Matviêievna, ao saber desse descuido, instituiu imediatamente um inquérito, a fim de saber quem no dia anterior esteve por último no sótão.

Após longa investigação com intensa disputa entre os membros menores da família, as suspeitas – seguidas de indícios suficientemente fortes – recaíram sobre uma das filhas mais novas, a pequena Fenka, que tinha nascido com lábio leporino e que, por isso, não contava com o apreço de ninguém que estava ali. Se alguém ainda mostrava alguma compaixão pela menina era talvez seu ébrio pai, que no fato do nascimento com lábio de lebre não viu grande culpa pessoal na criança e mesmo não a reprovava nem a espancava. Essa menina vivia no que se chama o mais completo abondono familiar, passava fome, dormia no chão, andava descalça, com roupas surradas, sem um *chuchún*[51] que a aquecesse; e mandavam-na fazer os piores serviços. Os indícios eram fortes e sugeriam que ela tinha estado no sótão por último, para onde teria subido segurando um lampião, tarde da noite do dia anterior, para lá "esconder o cachimbo" e, muito provavelmente, por algum temor infantil saiu de lá em desabalada carreira, esquecendo de fechar a porta atrás de si, deixando-a assim a roçar contra a parede aquele lado onde a mãe traçara uma cruz de giz – "a arma contra o apóstata". Depois disso, naturalmente, o apóstata se aproveitara, esgueirando-se pela porta aberta até ao sótão, alegrando-se muito de poder atrapalhar o sossego da boa família por toda a noite. Certamente, ele também teve lá suas preocupações, pois igualmente lhe foi preciso acomodar-se ao ambiente; mas quanto a isso Maria Matviêievna era egoísta, não tinha condescendência com as necessidades alheias, e assim decidiu reparar as coisas submetendo a culpada a uma punição rigorosa e inclemente. Ao encontrar Fenka atrás do forno, arrastou-a pelos cabelos até a porta e começou a sacudi-la, dizendo:

---

[51] Antiga vestimenta feminina, espécie de casaco sobretudo.

—Pra que o demônio não possa lhe seguir os passos, vou trancar esta porta com sua testa.

E bateu com a testa de Fenka na porta até que a tramela fosse parar no lugar. Mal terminou de fazer isso, porém, o espírito imundo despertou, voltando a perturbar o sossego da casa, e dessa vez com exaltação inesperada e amedrontadora. Antes que cessassem os lamentos da menina, por sobre as cabeças de todos que ali estavam reunidos algo se pôs a rodar, a correr e, por fim, um tijolo foi arremessado com tremenda força, vindo do lado oposto à porta, batendo violentamente contra ela.

Isso já era muito atrevimento. Conhecendo desde a infância todas as tradições a respeito de espíritos do mal e suas mais diversas travessuras nos lares cristãos, Maria Matviêievna, apesar de ter ouvido dizer que eles arremessavam qualquer coisa que lhes caía às mãos, para dizer a verdade, pensava que isso não passava de conversa, não acreditava que realmente ousassem se enfurecer e atirar pedras nas pessoas, e, ainda por cima, em plena luz do dia. Ela não contava com isso, por esse motivo não causou surpresa ter deixado cair as mãos, soltando a menina, que logo escapou para o pátio, onde se danou a correr de um lado para o outro à procura de salvação. Quando se lançaram ao pátio em perseguição a essa responsável pelo desassossego geral, o demônio encolerizou-se e voltou a atuar. As mãos dele, como se podia supor, estavam perfeitamente materializadas, pois tijolos inteiros, ou pedaços enormes, voavam contra os que perseguiam Fenka, e com uma força vigorosa e uma tal fúria que, receosos por suas vidas, todos se acovardaram. Assim, num impulso coletivo, aos gritos de "Que a força da cruz esteja conosco", correram para o galinheiro, onde se esconderam na parte que julgaram mais segura – embaixo do poleiro.

É verdade que ficaram muito bem nesse esconderijo; ali, afinal, o diabo já não podia fazer mal a qualquer um, porque no poleiro canta o galo da meia-noite, dono de poderes especiais e secretos que o diabo conhece o suficiente para temer; mas permanecer ali por muito tempo era coisa impossível. Ao cair da noite chegariam as galinhas e a posição ocupada pelos intrusos debaixo de suas grades iria se tornar perigosa sob outro aspecto.

20

Depois que as pessoas escondidas no galinheiro se recuperaram um pouco do pânico que as acometera, aconteceu com elas o que costuma acontecer à maioria dos supersticiosos e covardes: do medo começaram a passar para um certo ceticismo. A primeira a se mexer foi a serviçal Marfutka, mulherzinha jovem e muito esperta, que não aguentava ficar inteiramente imóvel por muito tempo; depois dela, o serviçal Iegorka, rapaz ruivo, coxo, mas muito ágil, que tinha o hábito de sempre que possível papear com Marfutka. Ambos, também dessa vez, voltaram-se para sua ocupação predileta; e, papeando, pode-se dizer assim, chegaram à conclusão mais inesperada: há muito harmonizados um com o outro, seus intelectos foram longe no mistério da coisa e começaram a suspeitar que sua causa era outra, algo inteiramente diverso do que imaginavam.

Palpitaram que toda a balbúrdia da noite passada e a canhonada de então podiam ter sido produzidas não pelo diabo, mas por algum sujeito desocupado, que, muito provavelmente ou mesmo seguramente, segundo suas conclusões, seria o alemão Pektoralis.

O biltre, por maldade e inveja, teria subido ao sótão e começado a atirar os objetos.

Maria Matviêievna, ouvindo isso, até levou as mãos ao alto, tão verossímil as suspeitas se lhe afiguraram. E eis que ainda no galinheiro resolveram fazer uma incursão para investigar de perto e tomar as medidas cabíveis a fim de inviabilizar as possibilidades de retirada do malfeitor.

Iegorka e Marfutka, de mãos atracadas, saíram correndo do galinheiro, retiraram o cadeado do celeiro e com ele trancaram a porta do sótão. Depois de um breve cochicho no pátio, foram cada qual para um lado. Iegorka saiu às carreiras para percorrer a vizinhança, informando a todos sobre os acontecimentos e convocá-los para a expulsão do alemão enfurnado no sótão. Enquanto isso, Marfutka ficou junto à porta com uma tenaz na mão, pronta para golpear Pektoralis, caso ele, utilizando-se de algum truque alemão, conseguisse sair pela porta afora. Mas o alemão ficou tranquilo e não apareceu à Marfutka. Entretanto, quando ia desabalado em direção ao mercado, Iegorka deu de cara com Hugo Kárlovitch assim que passou zunindo pela cancela, ao dobrar uma esquina. Isso assustou tanto o pobre rapaz, que no primeiro instante não soube o que fazer, mas depois agarrou o alemão pelo colarinho e gritou: "Guarda!" Pektoralis, que não contava com isso, golpeou o empregado de Safrônytch na cabeça com seu guarda-chuva e empurrou-o numa poça. Ainda que tivesse sido mais estridente do que forte, essa pancada na cabeça e o voo inesperado para dentro da poça produziram em Iegorka uma sensação confusa, assombrando-o de tal forma, que ele pôde apenas sentar na lama e gritar:

Valha-me Deus! Protegei-me!

Dissiparam-se todas as suspeitas incutidas por Marfutka em Iegorka. Por mais simplório que fosse o pobre rapaz, era entretanto capaz de compreender que, se o alemão não tinha atravessado a porta fechada com o cadeado do celeiro, o que aprontava travessuras no sótão só podia ser outro. E aqui, o fraco intelecto de Iegorka, sem o apoio de Marfutka, tornou a inclinar-se para a outra versão, a da incriminação do demônio por toda a perturbação doméstica. Assim, apresentou o caso a todo o público do mercado, que ficou alvoroçado com a notícia e acorreu em grande número à casa de Maria Matviêievna, onde, de acordo com o relato de Iegorka, se passavam fenômenos raríssimos, que eram, no entanto, absolutamente verossímeis, como qualquer espírita pode confirmar; tão verossímeis que fazem denúncia hoje em dia, como dizem alguns sábios, da proximidade de nós que as criaturas do mundo invisível podem alcançar.

21

Até à noite, a casa de Maria Matviêievna tinha sido visitada por toda a cidade; todos ouviram, mais de uma vez, o relato dos acontecimentos sobrenaturais noturnos e matutinos. Apareceram até alguns policiais, mas ocultaram deles a história para que – Deus nos livre! – não ocorresse algo ainda pior. Veio também um professor de matemática, a cargo de uma sociedade científica a que ele pertencia, e exigiu que lhe dessem os tijolos que foram lançados pelo demônio, ou pelo diabo, pois queria mandá-los para Petersburgo.

Maria Matviêievna, temendo que lhe fizessem algo pior, recusou-se terminantemente a atender essa exigência; mas a esperta Marfutka correu ao banheiro e trouxe de lá um tijolo que estava em baixo da entrada do forno.

Ao receber a prova material, o professor a levou para um boticário e com ele se deteve um bom tempo examinando-a. Começaram cheirando, depois provaram o suposto tijolo com a língua e, por fim, mergulharam um pedaço num certo ácido e disseram ao mesmo tempo:

—É tijolo.

—É, pode-se afirmar sem medo de errar.

—Sim – concordou o boticário.

—Parece que não é preciso mandar amostra para análise.

—Sim, parece que não. – respondeu o boticário.

Mas as pessoas religiosas, que não se interessavam nem um pouco por análises, passaram seu tempo muito melhor e fizeram uma observação muito mais interessante: destacando-se por sua particular sensibilidade e paciência, algumas delas permaneceram junto à esposa de Safrônytch até que pudessem ouvir que, atrás da porta, no sótão, alguém parecia suspirar e lamuriar-se baixinho, como uma alma atormentada no inferno. É verdade que entre essas pessoas se achavam também algumas corajosas; assim, alguém lançou a proposta de examinar o sótão através da lucarna, mas essa ousadia pareceu a todos tão audaciosa que foi pronta e unanimemente rejeitada. Além disso, tiveram de levar em conta que a inspeção sugerida estava longe de não apresentar riscos, uma vez que por essa mesma lucarna, a que se referiam, havia pouco jogaram pedras e essa canhonada podia então recomeçar. Por isso, quem se lançasse a essa inspeção correria sério risco de enfrentar grandes contratempos.

Matviêievna, como mulher que era, recorreu a um patenteado recurso feminino – a lamentação.

—Naturalmente – disse ela, – se eu tivesse, como outras mulheres, um marido daqueles que se precisa ter, isto é, um marido cuidador de sua casa, seria dele a incumbência de subir e verificar o que ocorre. Mas meu marido é um fraco; faz cinco dias que não aparece em casa.

—É verdade – responderam-lhe as vizinhas; – nem mesmo o maligno bate o chefe da casa.

—Bem, bater, suponhamos, não bate.

—Se bate ou não bate, pouco importa; a incumbência continua a ser dele.

Mas de Safrônytch não havia nem sinal e não tinham ideia de onde procurá-lo, em qual taberna. Era possível que tivesse ido para alguma aldeiazinha bem distante e agora estivesse lá, bebendo.

—Não adianta pensar nele, *mátuchka* – disseram todos a uma só voz a Maria Matviêievna – antes é preciso descobrir o que melhor espanta Satanás.

—Mas o que, meus irmãos, seria melhor? Me deem um conselho.

—Só há um conselho, minha cara, apenas um: chamar Foka, o sapateiro, pra que engane o demônio, ou proceder à benção da água.

—Ora, por que pensam em Foka, quando a coisa aqui já está difícil de resolver e ele próprio é um endemoniado?

—Justamente. Porventura um demônio pode expulsar outro?

—Bem, se é assim que julga, só nos resta benzer a água.

—Quanto a benzer a água estou de acordo; ainda à noite pensei o mesmo, mas me virei para o outro lado e acabei esquecendo. Agora vou me retirar pra assar uns bolos e preparar um ícone, depois entoaremos o cântico da benção à água... Mas tem uma coisa: Safrônytch não está em casa.

—E agora não dá pra esperar por ele!

—Sim, esperar agora não é possível, naturalmente, mas seria bom se ele estivesse presente. Safrônytch gosta tanto dos ofícios. Ele mesmo costuma levar a caldeirinha por todos os quartos, caminhando diante do sacerdote e cantando as orações. Não sei como fazer isso sem ele, nem consigo pensar em alguém que se possa chamar.

—Chame o protopapa.[52] Ele é velho; o demônio vai ter medo dele.

---

[52] Título conferido a membros do clero secular pela Igreja Ortodoxa Russa até o início do século XIX.

—Bem, chamar aquele tabaqueiro seria até fácil. Mas não, que Deus o conserve para lá – ele fuma demais; faço melhor chamando o padre Flavian.

—Também pode ser o padre Flavian, sim.

—Ele é muito gordo.

—É, bem rechonchudo, mas também muito amável e bondoso; além disso, há uns dias ele benzeu um tropel de gente na casa dos Ilín; e benze muito bem. Só é preciso cuidar pra aspergir direitinho todos os lugares, caso contrário, gorducho como é, não vai caber em todo lugar e pode acabar fazendo de qualquer jeito, jogando a água de longe.

—Pode deixar, vamos tomar cuidado.

—Sim, se houver alguém experiente tomando conta, vai dar tudo certo.

—É claro; é preciso observar se ele asperge em cruz enquanto repete as palavras. Porque na porta do sótão, com toda aquela corpulência, duvido que padre Flavian consiga passar.

—É, não passa.

—Não seria o caso de alargá-la? É mais um prejuízo...

—E que prejuízo!

—Então faça assim: padre Flavian abençoa, mas quem entra no sótão pra aspergir é o diácono Savva. Peça isso a ele. É um magricela; garanto que entra em qualquer lugar. É o melhor a fazer, pois o padre Flavian, com aquela pança, vai acabar é se arrebentando e talvez até morra.

—Deus nos livre de um pecado desses! Que viva o bondoso e prestativo velhinho! Certa vez, na agonia do parto, mandei pedir ao protopapa que me abrisse as portas do céu, mas ele não me atendeu, recusou-se terminantemente.

—Ofereceu pouco, pelo visto.

—Mandei-lhe um rublo. Mas parece que não bastou. Já o bondoso padre Flavian, ao contrário, só precisou de cinquenta copeques pra me abrir as portas de par em par.

—Sim, é sem dúvida um velhinho muito virtuoso. Vamos deixá-lo aqui em baixo, apenas pronunciando as palavras. O diácono Savva subirá sozinho com a água e o aspersório. Se lhe acontecer alguma coisa, não vai se importar; a diaconisa, sua esposa, fica louca todo mês; ele já não aguenta mais, está farto de chá e da vida.

—Ele vem, sim. É um diácono que se preza; vai fazer tudo como se deve, entrando onde for necessário. Só não deixe de olhar como é que ele vai fazer, se não joga água às pressas, de qualquer jeito, porque a aspersão deve ser feita em forma de cruz.

—Vou vigiá-lo, – garantiu Maria Matviêievna – e com a força de Deus, até subo com ele, o importante é que a coisa tenha efeito.

—Se tudo for feito como se deve, só poderá é ter efeito, sim! Mas é preciso que se faça o mais depressa e devotamente possível.

—Mas como é que se pode ser ainda mais devotado, meus irmãos? – perguntou admirada

Maria Matviêivna. – Bem, vou agora mesmo ordenar à Marfutka que prepare os bolos. Enquanto isso, Iegorka vai pedir ao padre Flavian pra que amanhã, assim que terminar as matinas, venha imediatamente para cá.

–Ótimo, Maria Matviêievna.

–Adiar para quê? Eu por acaso tenho interesse em viver com o demônio sob o mesmo teto e esperar que o desgraçado me jogue pedras? Se os bolos já estivessem aqui, eu não esperaria até amanhã pra proceder essa súplica.

–Mas sem bolos, Maria Matviêievna, nada feito, sem isso o clero não trabalha. O próprio padre Flavian adora tudo quanto é massa – lembraram a ela os conselheiros, que depois disseram: – Um dia e uma noite uma família pode passar de qualquer jeito. Agora, é preparar os bolos e mandar Iegorka ao padre Flavian, dizer a ele que amanhã, logo após a missa matinal, venha com o diácono Savva à casa dos Safrônovy a fim de benzer a água e expulsar o demônio, e depois se regalar com uns quitutes deliciosos.

Padre Flavian, um velhinho que sofre de gota, para lá de gorducho, macio como um colchão de pena, que anda com um camelauco[53] sujo, dono de uma longa barba branca e de uma vastíssima pança, após ouvir de Iegorka toda a história sobre o diabo e o apelo para que o esconjurasse,

---

[53]Chapéu cilíndrico usado por clérigos ortodoxos como sinal de distinção.

disse, em resposta, com sua voz fina, como a de uma criança:

—Está bem, filho, diga-lhes que se preparem, iremos e daremos um jeito. Mas diga a eles que me reservem uns dois ou três bolos com cenouras, senão me sinto fraco por dentro... isso tem-me acontecido ultimamente. Mas, e Vassili Safrônytch, ainda não apareceu em casa?

—Ainda não.

—Que se há de fazer? Então, é resolver tudo sem ele. Que assem os bolos; daremos um jeito... Vamos precisar também de uma toalha bem grande, pois vou aspergir a minha maior cruz.

Iegorka voltou para casa às carreiras e aos pulos e, ao passar pela lucarna, fez uma figa para o diabo. Todos se animaram, certos de que uma noite era possível passar de qualquer jeito, mas para que não fosse muito assustador, deitaram-se todos juntos num mesmo quarto; apenas Iegorka se acomodou na cozinha, perto de Marfutka, para que ela não tivesse muito medo ao levantar-se durante a noite para virar a massa, que se aquecia sobre o forno, numa beirada dele, coberta por um pano.

O demônio entretanto tinha se acalmado por completo; era como se tivesse descoberto tudo o que tramavam contra sua cabeça. Durante todo o dia deixou de aprontar das suas contra qualquer dos membros da família; mas a alguém pareceu tê-lo ouvido fungar, e à noite, quando um frio intenso começou a dominar, começou mesmo a se lamuriar e a ranger os dentes. Isso foi ouvido durante toda a noite por Maria Matviêievna e por todos os que despertaram por algum instante. Mas ninguém ficou seriamente perturbado por isso; diziam apenas: "É bem feito para ele, o inimigo dos cristãos" – e, persignando-se, viravam-se para o outro lado e adormeciam.

Mas, infelizmente, semelhante descaso era inoportuno, pois que esgotou a paciência do mal espírito e no exato momento em que na igreja do padre Flavian soou a terceira badalada do sino matinal, no sótão de Maria Matviêievna ouviu-se o mais lastimoso dos gemidos e, ao mesmo tempo, na cozinha algo ruiu e desabou fazendo um barulho absurdo.

Maria Matviêievna se levantou de um salto e, esquecendo-se do medo por completo, correu do jeito que estava em direção ao local do estrondo e ficou estupefata ao ver a nova peça pregada pelo demônio.

Na frente dela, no chão, bem junto ao forno, na beirada do qual, numa vasilha de louça fermentava a massa dos bolos, estava Iegorka, besuntado com a massa dos pés à cabeça e, ao seu redor, jaziam cacos de louça quebrada.

Maria Matviêievna, Iegorka e a serviçal Marfutka, que acabara de descer do forno, ficaram tão abismados com o ocorrido que gritaram a uma voz:

—Vai de retro, Satanás!

Foi com esse mau agouro que o novo dia começou; dia ao qual estava reservado iluminar a batalha do padre Flavian e do diácono Savva com a misteriosa criatura que causara aquele rebuliço no sótão e que chegara ao cúmulo do atrevimento ao deitar fora toda a massa destinada aos bolos dos clérigos.

E quando foi isso, em que momento? Quando já não era mais possível preparar nova massa, porque os dedos secos do comprido sacristão, que trazia a caldeirinha estanhada, faziam já tinir o anel de ferro da cancela.

Como então arrumar tudo para que não ficasse prejudicado o empreendimento, que havia tido um começo tão ruim e podia ter um fim ainda pior?

Para dizer a verdade, tudo isso era muito mais interessante que Pektoralis, com o destino do qual estas circunstâncias, aparentemente alheias, tinham a mais estreita e fatídica relação.

22

Maria Matviêievna estava num tremendo desgosto pelo que tinha acontecido com a massa. Decididamente não sabia como explicar ao padre

Flavian que não havia bolos com cenoura para ele; então resolveu não perturbá-lo com essa revelação, pelo menos até que terminasse de abençoar a água. Como mulher prudente e experimentada, usava o método da espera – e estava convencida de que o tempo é o maior dos mágicos, capaz de ajudar onde à primeira vista já não há possibilidade de se contar com ajuda. E assim aconteceu. A benção da água foi iniciada imediatamente após a chegada dos clérigos, mas, antes mesmo da conclusão da cerimônia, os acontecimentos tomaram um rumo tão inesperado que não houve mais quem lembrasse de bolos com cenoura.

Mas vamos ao que aconteceu: assim que o diácono Savva, ao final das orações, começou a suplicar vida longa aos donos da casa, ouviu-se uma pancada impaciente na porta do sótão, que até então permanecera fechada, e uma voz aparentemente conhecida, ainda que debilitada, exclamou:

–Abram pra mim, abram!

Isso naturalmente provocou um grande alvoroço. Todos os presentes, transidos de pavor, correram para junto do padre Flavian...

O espetáculo revelado pela porta foi realmente o mais inesperado. No último degrau da escada, junto à porta, estava Safrônytch em pessoa, ou o demônio, que assumira a aparência dele. Esta última hipótese era a mais provável, tanto mais que a aparição ou o espírito maligno, embora tivesse imitado com astúcia, não chegara ao original. Era mais gordo do que Safrônytch, com a face mortalmente azulada e os olhos quase inteiramente opacos. Mas em compensação – como era audacioso! Sem temer nem um pouco o aspersório, aproximou-se imediatamente do padre Flavian e esperou tranquilo que ele o aspergisse. O padre assim o fez. Depois Safrônytch beijou a cruz e, como se nada tivesse acontecido, passou a saudar a família. Maria Matviêievna, à força ou de gosto, teve de reconhecer naquele semimorto o seu legítimo marido.

–Onde é que você esteve, meu querido? –perguntou ela, cheia de dó e compaixão para com ele.

–Estive ali, aonde Deus por castigo me levou.

–E foi mesmo você quem bateu?

–Devo ter sido eu, sim.

–Mas por que é que atirou tijolos?

–E vocês por que maltrataram a menina?

–E você por que é que na hora não desceu?

–Como é que eu poderia ir contra as determinações?... Mas quando ouvi a súplica pela vida longa, aí então, desci imediatamente... Um chazinho, me deem um chazinho bem quente, permitam que me achegue ao forno e me cubram com um cobertor de pele – disse ele apressadamente, com voz rouca e fraca. E, apoiando-se nos braços do serviçal e da esposa, subiu no forno quente, onde enfim o agasalharam. Nessa hora, o diácono Savva percorria o sótão com o hissope, e percorreu-o inteiro sem encontrar nada de especial.

Depois de uma descoberta como essa, naturalmente ninguém mais pensou nos comes e bebes. O aparecimento de Safrônytch nesse aspecto lamentável fez com que suspendessem tudo às pressas, de qualquer maneira. E o padre Flavian teve de se contentar apenas com chá quente, que tomou sentado numa poltrona bem ampla postada junto ao forno em que Safrônytch se aquecia e onde respondia confusamente às perguntas que faziam a ele.

Todos os últimos acontecimentos se apresentavam a Safrônytch da seguinte maneira: pareceu-lhe ter estado por aí, em alguma parte, subido para não se sabe onde e ter ido enfim parar no inferno, onde conversou demoradamente com Jiga, que lhe revelara que o próprio Satanás já estava enfadado de sua rixa com Pektoralis; assim, já estava na hora de acabar com isso. Safrônytch não se opusera a essa resolução e resolvera ficar por lá, aonde fora conduzido por causa de seus pecados e onde aguentara tudo a que fora submetido, como os tormentos infligidos pelo frio e pela fome, além do suplício de ouvir o choro e os lamentos de sua filha. Mas, de repente, ouvira o consolador cântico litúrgico e, em particular, a súplica pela vida longa, de que tanto gostava, e quando o diácono Savva pronunciou seu nome, outras ideias povoaram-lhe a mente e ele então resolveu baixar à Terra, ainda que por pouco tempo, apenas para escutar Savva e despedir-se da família.

Melhor do que isto o pobre homem nada pôde contar e o padre Flavian teve pena de constrangê-lo a falar mais. A situação do coitado era realmente lamentável. Procurava se aquecer mas tremia sem parar; não conseguia de jeito nenhum achar conforto. À noite, tornando um pouco a si, manifestou o desejo de se confessar, a fim de se preparar para a morte. No dia seguinte, na realidade, morreu.

Tudo isso aconteceu tão depressa e de maneira tão inesperada que Maria Matviêievna, antes mesmo de se recuperar das primeiras surpresas, já se via obrigada a ocupar-se dos funerais do marido. Em mcio à tristeza na hora de proceder essas diligências, não pôde dar a devida atenção às palavras de Iegorka, que uma hora após a morte de Safrônytch fora correndo encomendar o caixão e na volta trouxera a estranha notícia de que Pektoralis, na casa velha, descerrara o portão causador da longa desavença que igualmente arruinara aos contendores.

Agora que seu rival estava morto, Hugo podia, sem quebrar as promessas feitas à sua vontade de ferro, abrir esse portão e deixar de pagar aquela multa devastadora, o que de fato fez.

Mas Pektoralis teve de cumprir ainda outra obrigação: tendo sobrevivido a Safrônytch, era seu dever ir aos funerais dele comer panquecas russas – promessa que ele também cumpriu.

23

Assim que os clérigos, os hóspedes e a própria viúva, tendo enchido de terra gelada a sepultura de Safrônytch, retornaram à casa nova e se sentaram à mesa preparada para a reunião em memória do finado, a porta abriu-se abruptamente e na moldura surgiu a figura magra e pálida de Pektoralis.

Como ninguém o esperava ali, o aparecimento dele, é claro, surpreendeu todo mundo, em particular a aflita Maria Matviêievna, que ficou sem saber como considerar tal visita: compaixão ou zombaria? Mas antes que ela se decidisse a respeito, Hugo Kárlovitch, com ar grave e mantendo toda a sua dignidade, como sempre, anunciou a ela muito calmamente que viera cumprir uma palavra de honra que há muito tinha dado ao falecido – de comer panquecas russas no jantar de seus funerais.

–Bem, somos gente batizada; entre nós não se enxota um visitante – respondeu Maria Matviêievna. – Sente-se. Panquecas temos muitas; uma infinidade delas. O suficiente para servir toda a nossa irmandade mendicante. Coma.

Hugo se inclinou em reverência e sentou-se, num lugar aliás muito honroso, entre a maciez do gorducho padre Flavian e a rigidez fibrosa do magrote Diácono Savva.

Apesar de sua aparência um tanto extenuada, Pektoralis se sentia muito bem: mantinha ares de vencedor e portou-se de modo um bocado inconveniente no jantar em que se recordava seu rival. Ali mesmo, porém, sobreveio a ele um acontecimento realmente original, que pôs um digno fim à história de sua vontade de ferro.

Não sei como nem por que surgiu entre ele e o diácono Savva uma discussão acerca dessa vontade – e assim disse ele o diácono:

–Por que motivo, irmão Hugo Kárlovitch, vive disputando conosco e nos exibindo sua vontade? Isso não fica bem...

E o padre Flavian, em apoio a Savva, secundou:

–Não fica bem, filho; não fica bem. Deus o castigará por isso. Deus sempre pune pelos russos.

–E no entanto sobrevivi a Safrônytch; disse que sobreviveria, e sobrevivi.

–E onde é que está a vantagem em ter sobrevivido a ele? Será isso por muito tempo? Deus, em seu mistério, nunca esquece de castigar nossos ofensores. Daí lhe digo: sou um velho, já sem dentes e com as pernas tão inchadas que pisotear um rato é agora um sacrifício, e ainda assim, é bem possível que não me sobreviva.

Pektoralis apenas sorriu.

—Por que é que arreganha os dentes? – acorreu o diácono. – Será que não teme mais a Deus? Ou não é capaz de ver como está enredado? Não, meu irmão, ao padre Flavian você não sobreviverá. É mesmo você que em breve irá ao cabo.

—Bem, isso ainda veremos.

—O que "veremos"? O que é que ainda espera ver, se em vida já está assim, todo seco? Safrônytch não tinha essa arrogância. Viveu com simplicidade e morreu na mais completa satisfação.

—Grande satisfação!

—E por que não seria? Viveu a vida que quis até o fim, sem a preocupação de se poupar, e bebendo sempre à sua saúde...

—Porco! – exclamou Pektoralis irritado.

—E agora o chama de "porco"! Por que ofendê-lo assim? Era um porco, suponhamos, mas diante da morte, no sótão, jejuou, confessou-se ao padre Flavian e, tendo observado todo o ritual, morreu com o indulto cristão. E é bem possível que agora já esteja no seio de Abraão com seus ancestrais, com os quais conversa e conta tudo sobre você, fazendo-os rir. E você, que não é um porco, sentado à mesa dele o que faz é difamá-lo. Agora raciocine um pouco: qual dos dois é o mais porco?

—Você, filho, é mais porco — adiantou-se o padre Flavian.

—Ele não cuidava da família — murmurou secamente Pektoralis.

—Como é que é? — retomou o diácono. — Como não cuidava? Ora, pense um pouco: deixou um canto para eles e deixou provisões; tanto é assim que você está agora na casa dele comendo panquecas; já os seus não estão com você e até morrer viverá sem eira nem beira; e não haverá nada que recordar de sua pessoa. Então, quem melhor soube cuidar da família? Arrazoe sobre isso... o que não se pode é troçar de nossa gente dessa forma, meu irmão, porque Deus está conosco.

—Não quero crer — respondeu Pektoralis.

—Creia ou não creia, não importa, pois é claro que é muito melhor morrer saciado como morreu Safrônytch do que acabar-se na escassez como acontece a você.

Pektoralis perturbou-se. Devia sentir que essas palavras continham uma verdade funesta. E um gélido pavor envolveu-lhe o coração — ao mesmo tempo em que nele entrou Satanás, juntamente com a panqueca que o diácono Savva deu a ele, dizendo:

—Tome aqui uma panqueca russa. Coma e cale-se. Vejo que não é capaz de comer mais do que nós.

—Por que não sou capaz? – contestou Pektoralis.

—Olhe só como está fazendo: masca e amassa, mas não engole.

—Que significa "masca"?

—Que fica passando a panqueca de um lado para outro da boca.

—Então não se pode mastigar?

—Mastigar para quê? Nossas panquecas se dissolvem como um floco e descem por si. Olhe ali como faz o padre Flavian. Está vendo? Hein? Dá até gosto observá-lo comer! Tome aqui, pegue a panqueca pelas bordas, ensope-a com *smetana*,[54] dobre-a como um envelope, ponha-a inteirinho na boca e, empurrando-a com a língua, mande-a para baixo.

—Assim não faz bem à saúde.

—Continue. Minta mais. Será que sabe mais que todo o mundo? Muito bem, agora, comer mais que o padre Flavian, meu irmão, isso você não consegue.

—Comerei – respondeu com aspereza Pektoralis.

—Ora, por favor, sem bravatas.

—Comerei!

—Melhor não se gabar. Você se livrou de um infortúnio; não corra logo atrás de outro.

---

[54] Creme azedo de gordura de leite muito usado na cozinha russa.

—Comerei, comerei, comerei! – insistiu Hugo.

E puseram-se a teimar, e como essa teima podia ser resolvida imediatamente, ali mesmo, para satisfação geral, começou a disputa.

O padre Flavian não tomou parte na discussão. Apenas a ouvia enquanto comia. Mas as forças de Pektoralis não estavam à altura desse torneio. Padre Flavian deglutia um envelopinho de panqueca após o outro sem padecer, ao passo que Hugo ora avermelhava-se ora empalidecia e, mesmo assim, não conseguia acompanhar o sacerdote. As testemunhas, sentadas, assistiam aos esforços de Pektoralis e inflamavam o seu entusiasmo, levando a situação a tal ponto que teria sido melhor para ele apanhar numa braçada o chapéu e o cinto e cair fora do recinto;[55] mas, pelo visto, o alemão não sabia que "a fuga não rende louros, mas salva a pele".[56] Então comeu e comeu até que subitamente escorregou para debaixo da mesa e começou a arquejar.

---

[55] Da fábula *Demiánova ukhá*, *A sopa de Demián* (1813), de Ivan Krylov, onde Demián insiste para que o vizinho Foka beba da sopa de peixe (*ukhá*); Foka, que não gostava da sopa, "apanha às braçadas o cinto e o gorro e sem sentidos vai às pressas para casa e nunca mais volta a visitar Demián". A fábula originou a expressão, atualmente dicionarizada, *Demiánova ukhá*, que se refere ao oferecimento insistente de alguma coisa.

[56] Provérbio que diz, literalmente: "A fuga não recebe elogios, mas é melhor contar com ela."

O diácono Savva se inclinou sobre ele e o puxou para fora.

—Sem trapaças, meu irmão, sem trapaças. Não pode parar enquanto o padre Flavian continuar comendo. Vamos, levante-se e coma.

Mas Hugo não se levantou. Tentaram erguê-lo, mas não se moveu. O diácono, que foi o primeiro a se convencer de que o alemão já não estava fingindo, bateu com força nas pernas e exclamou:

—Ora, não me digam! Sabia como comer para não prejudicar a saúde e acabou morrendo!

—Será que morreu mesmo? – exclamaram todos a uma voz.

Padre Flavian se benzeu, suspirou e, murmurando "Deus conosco",[57] puxou uma nova pilha de panquecas bem quentinhas. Assim, apenas um pouquinho sobreviveu Pektoralis a Safrônytch, e morreu sabe Deus em que cinscunstâncias indignas de seu caráter e de sua inteligência.

Sepultaram-no às pressas por conta da igreja e, naturalmente, sem reuniões em sua memória. Nenhum de nós, seus antigos companheiros de trabalho, tivera notícia desse ocorrido. Eu mesmo, seu humilde criado, só vim a saber

---

[57] O lema "Deus conosco", que foi um grito de guerra do Império Romano Oriental – *Nobiscum Deus* –, figura tanto no brasão do Império Russo – *Съ нами Богъ* – quanto no do Império Alemão – *Gott mit uns*.

por um completo acaso. Açoitado pela primeira e já a mais terrível nevasca do ano, eu viajava no dia de seu enterro para a cidade, quando, de repente, numa ruazinha estreita, encontro um defunto. Padre Flavian caminhava lentamente, entoando o cântico "Santo Deus".[58] Ao passar por um monte de neve, arrebentara-se o cabresto do trenó, de onde desci para ajudar o cocheiro, sem conseguir resultado. Enquanto isso, de um portãozinho rústico saiu uma mulher de *chuchún*, e do lado oposto, de um outro portão inteiramente igual, surgiu uma outra – e começaram a gritar:

–Quem é, querida, que estão enterrando?

E a outra responde:

–Ih, minha irmã, nem valia a pena sair! É o alemão...

–Que alemão?

–O que morreu ontem engasgado com panquecas.

–E é o padre Flavian quem faz o enterro?

–Justamente, minha irmã, é ele mesmo, o nosso querido padre Flavian.

–Bem, que Deus lhe dê saúde!

E ambas as mulheres se retiraram, fechando suas cancelas.

---

[58]Trata-se do Triságio, cântico que integra a liturgia das Igrejas Católica Romana e Ortodoxa Russa: *"Святый Бóже, Святый крепкий, Святый безсмертный, помилуй насъ"* ("Ó Santo Deus, Santo e Forte, Santo e Imortal, tende piedade de nós").

Assim findou-se Hugo Kárlytch, e esta é a lembrança que dele foi guardada, o que para mim, que me recordo dele noutros tempos, na época de suas grandes esperanças, não deixa de ser triste.

***

UMA HISTÒRIA POR TRÁS
DE *VONTADE DE FERRO*

A história do alemão de ferro que vai desaparecer nos atoleiros russos foi concluída por Nikolai Leskov no outono de 1876 e logo publicada por um semanário de São Petersburgo – a revista *Krugozor*. Quase três quartos de século depois, em meio às trevas do outono de 1942, quando corria o décimo terceiro mês do bloqueio militar alemão à cidade de Leningrado, a segunda edição veio à luz. As baterias alemãs estavam a quinze quilômetros das máquinas que imprimiam o texto a ser resgatado. Então, como inédito, foi publicado pela revista *Zvezdá*. Assim, nos sessenta e seis anos que separam a primeira da segunda edição, a novela esteve inteiramente esquecida. O próprio autor silenciou a respeito dela. Apenas indiretamente é possível reconstruir algo de como a escreveu e publicou.

Aos que perguntavam de onde tirava suas histórias, Leskov respondia, apontando para a cabeça: "deste baú". Suas histórias eram normalmente a propósito de algum episódio vivido ou testemunhado.

Assim, para *Vontade de ferro*, algo da juventude, da época em que era comerciante, é trazido à tona em 1876. Talvez pela imagem dos capacetes de ferro compondo a paisagem de Berlin e Dresden, o que Leskov teria visto na recente viagem que havia feito pela Europa. Ou, por algo mais geral, como o forte sentimento pan-eslavo surgido na Rússia como resposta ao crescente pangermanismo? Muitos artigos da imprensa de São Petersburgo davam testemunho desse sentimento. Alguns ironizavam a vontade de ferro de Otto Von Bismarck, outros chamavam a atenção dos leitores para a notória germanização dos costumes nas regiões do Báltico onde colonos alemães tinham forte presença.

Sobre o artigo *Pan-eslavismo*, de 1871, do poeta Apollon Maikov, Leskov manifestou-se favoravelmente e com grande entusiasmo. Nesse artigo, o poeta determina as fronteiras do ambiente cultural eslavo na Europa e denuncia o *Drang nach Osten* dos nacionalistas alemães como um desejo de eliminação de sua cultura. Heinrich Heine, o poeta mais amplamente lido na Europa à época de sua morte, em 1856, legara uma inesgotável fonte de escárnio contra os alemães, sobretudo no poema satírico *Alemanha, Um Conto de Inverno*, de 1844, a que o texto de *Vontade de ferro* faz referência.

Da geração de intelectuais que instaurou a *intelligentsia*, havia as diatribes dirigidas ao povo alemão, em especial por Mikhail Bakunin e Aleksandr Herzen. De modo que era há muito corriqueiro, dentro e fora da Rússia, referir-se à presunção, ao orgulho e à arrogância alemãs. Motivos, portanto, não faltavam para sacar da memória aquele episódio, já de muito tempo, sobre como Leskov foi certa vez comprar para Scott[1] um moinho a vapor em São Petersburgo e de lá trouxe um mecânico alemão à cidade de Penza.

E por que vendeu a novela a uma revista de amenidades, como a *Krugozor*, na qual certamente se perderia entre retratos da nobreza e gravuras de moda feminina? Não havia outra saída. Em meados da década de 1870, as relações de Leskov com os agentes editoriais estavam – mais uma vez – em recesso. De modo que ele a publicaria onde fosse possível... E a revista *Krugozor* tinha a vantagem de ter como editor Viktor Kliuchnikov, um velho conhecido. E não era tão importante que a novela não estivesse no horizonte da crítica, pois tudo o que escrevia e publicava nesse período era ignorado. Mas, numa revista assim, em meio a todo tipo de frivolidade, o texto podia não ser considerado literatura; talvez a primeira impressão fosse a de que era uma crônica, porque era justamente pelas crônicas que "a vontade de ferro do chanceler alemão" era frequentemente trazida à consciência dos leitores.

O próprio Leskov publicou algumas sobre as questões da política internacional da época. Mas será que ele próprio a considerava uma coisa efêmera, um texto que não merecia reimpressão? Com *Vontade de ferro* ocorre algo sem precedentes: enquanto viveu o autor, além de não ter sido reimpresso, o texto nunca fora incluído nas edições de suas obras completas. O

---

[1] A. Scott, um comerciante inglês naturalizado russo e sectário dos *quackers*, casado com uma tia de Nikolai Leskov. Em 1857, Leskov começa a trabalhar como representante comercial da companhia inglesa da qual Scott era um dos sócios, a Scott & Wilkins.

que é tanto mais estranho quando se recordam que os preparadores das edições de suas obras completas foram bibliógrafos importantes como Aleksei Suvórin, Piotr Bykov e Adolf Marks.

Na biografia de Leskov escrita por seu filho Andrei encontram-se duas referências a *Vontade de ferro*. Dois trechos da novela são citados como autobiográficos. Ou seja, Andrei Leskov considerava a narrativa uma variante do diário de seu pai: é pela novela que é possível saber em que *tarantas* Leskov foi, em 1859, de São Petersburgo à Penza e que tipo de serviço ele então prestava à Scott – assim, é o texto da novela que dá suporte à biografia. Mas afinal consegue Andrei esclarecer que o engenheiro alemão trazido à Penza por Leskov existiu na realidade e se chamava Kruger. Revela-se, dessa maneira, o protótipo de Pektoralis: desde então, o senhor Kruger invariavelmente aparece nos comentários das edições de *Vontade de ferro*.

*

A revista *Zvezdá* tinha interrompido as atividades depois da edição de setembro de 1941, quando os alemães isolaram Leningrado inteiramente. Em breve, os habitantes da cidade enfrentariam o primeiro e pior inverno sob o cerco. Imagina-se que, para salvar o material de onde *Vontade de ferro* ressurgiria, – se um manuscrito, folhas batidas à máquina ou um maço de recortes da revista *Krugozor*, não se sabe – Andrei Leskov o tenha deixado na redação da *Zvezdá* antes do fim desse primeiro inverno, já que tudo o que podia ser queimado estava indo para os fornos de aquecimento. Retomando as atividades em julho de 1942, a revista *Zvezdá*, com dois números de uma vez, renasce para o combate; os versos, a prosa e os artigos que agora trazia eram armas apontadas para os alemães. Assim, na leva de números seguinte (mais dois), em outubro daquele ano, além das legendas antigermânicas para *luboks* que Maiakóvski publicara em 1914, a revista trazia *Vontade de ferro* em destaque na sessão "Clássicos da literatura russa sobre alemães". Aqui, começa de fato o seu destino. Sessenta e seis anos depois de sua primeira edição.

Os dez mil exemplares da tiragem espalham-se pela cidade sitiada. E a posterior reação das editoras, considerando as dificuldades materiais dos anos de guerra, foi rápida e generosa. Em 1943, *Vontade de ferro* é reeditada em Moscou. Entre os anos de 1945, o da vitória sobre os alemães, e 1946, a novela foi editada outras cinco vezes para publicações em separado. O interesse concentrado nesse curto período foi extraordinário.

Mas a crítica ainda não foi estimulada pelo notável alcance que teve a novela nesse curto período. A edição da OGIZ[2] (1946), a mais importante entre aquelas cinco, é prefaciada por um artigo impregnado do espírito de luta, que ainda não aborda o texto criticamente. Embora tenha sido a partir de uma observação contida nesse artigo, assinado por Boris Drugov, que Lev Ánnisnki – crítico e divulgador de Nikolai Leskov na atualidade – tenha conduzido sua análise crítica de *Vontade de ferro* em seu livro *Leskóvskoie Oje-*

---

[2] Acrônimo de *Obedinienie gossudarstviennykh knijno-jurnalnykh izdatelstv*: União Estatal das Editoras de Livros e Revistas.

riélie (*O colar leskoviano*), sobre o destino de algumas das obras do escritor, publicado em 1982.

Drugov nota que o sentido de *Vontade de ferro* não consiste apenas na denúncia do adversário; a narrativa diz algo de substancial sobre os compatriotas. Um relativismo que não interessava naquele primeiro ano do pós-guerra. Mas era apenas uma nota, as questões estéticas ainda não eram importantes. O artigo não representa o início de discussões críticas sobre a novela recém-descoberta. Além do mais, ninguém estava muito preocupado com a crítica textual. Todas essas primeiras reedições suprimiram um trecho ou outro da versão entregue por Andrei Leskov aos redatores da revista *Zvezdá*. As brochuras que antecederam a luxuosa edição da OGIZ informavam: "Texto com algumas supressões" – uma formulação genérica que englobava as mais diversas alterações.

Na revista *Zvezdá*, por exemplo, suprimiram o último parágrafo: "Assim findou-se Hugo Kárlytch, e esta é a lembrança que dele foi guardada, o que, para mim, que me recordo dele noutros tempos, na época de suas grandes esperanças, não deixa de ser triste." E pode-se compreender por que o fizeram: os soldados alemães que então cercavam a cidade de Leningrado provocavam outros sentimentos. Na brochura editada pela Editora Militar, em 1945, o texto foi reduzido quase à metade e as cenas em que o compatriota Safrônytch aparece bêbado foram todas suprimidas. Do texto das duas brochuras publicadas pela Editora Infantil, em 1945 e 1946, suprimiram o trecho: "Uma gente sem força de vontade, como é a nossa...". Portanto, até 1946, não interessavam as nuances que tornariam o texto menos útil à desforra, então percebida como necessária.

Com a edição das obras completas de 1957, pelo bibliófilo Solomón Reisser, *Vontade de ferro* tem formalizada sua entrada para o cânone do escritor. É a partir dessa edição que o texto começa a ser traduzido.

Juntamente com outras três obras de Leskov, *Vontade de ferro* chega ao Brasil em 1961, com a tradução de António Baptista da Luz para a Antologia do Conto Russo, série publicada pela antiga Editora Lux, do Rio de Janeiro. Otto Maria Carpeaux, seu organizador, escreve uma introdução em que apresenta o autor e as obras publicadas. As de Leskov, que então saíam no terceiro volume, eram *Lady Macbeth do Distrito de Mtzensk*, *O anjo selado*, *A pulga de aço* e *Vontade de ferro*. Carpeaux comenta as três primeiras, mas não menciona a última. É razoável supor que não tenha lido os oitenta e oito contos e novelas que a antologia publicava e tenha escrito algumas apresentações a partir de outros textos. E, considerando a escassa fortuna crítica de *Vontade de ferro*, ele certamente teve à disposição textos que também não a mencionavam. Assim ficou, como se a novela não estivesse entre os lançamentos.

*

Leskov ressurge no século XX como importante objeto de estudo dos críticos formalistas. E, para os escritores do grupo "Os Irmãos de Serapião", como verdadeiro objeto de adoração. Um escritor modelar, pelo enfoque enxuto dos formalistas e para os Irmãos de Serapião, um artista muito honesto e independente quanto ao olhar sobre a natureza humana, um herético de temperamento muito particular. Riémizov, Kuzmin, Zamiátin e Gorki eram discípulos declarados. Zamiátin chegou a escrever uma peça, pouco conhecida, baseada em *O canhoto* (*A pulga de aço*, na Antologia do Conto Russo), chamada *Blokhá* (*A pulga*). Do ponto de vista político, Leskov precisava de defesa e foi Gorki, o melhor advogado que um escritor vivo ou morto podia encontrar naqueles tempos, quem cuidou de absolvê-lo, perdoando-lhe o conservadorismo, ressaltando sua originalidade e louvando sua pureza – "o mais russo dos escritores russos". Para *Vontade de ferro*, entretanto, passou esse momento. A novela esteve no esquecimento até 1942. E a escassez de material crítico se explica em grande medida por isso.

No Brasil, onde Nikolai Leskov é conhecido por alguns – estudantes de letras, sobretudo –apenas como um escritor russo sobre o qual Walter Benjamin discorre no ensaio *O narrador*, só recentemente voltaram a publicar traduções de suas obras. *Lady Macbeth do Distrito de Mtzensk* por Paulo Bezerra e mais de uma dezena de contos por Noé Oliveira e Denise Sales, todos pela Coleção Leste da Editora 34, entre 2009 e 2012. As obras traduzidas pelos professores Noé Oliveira e Denise Sales são seguramente inéditas no Brasil, mas a tradução de Paulo Bezerra, igualmente anunciada e tratada pela imprensa como a primeira entre nós[3], é na verdade a segunda tradução brasileira de *Lady Macbeth do Distrito de Mtzensk*. Certamente desconheciam a tradução da Antologia do Conto Russo, assinada por Anna Weinberg e Ary de Andrade.

*

As obras de Nikolai Leskov, comparadas com as de outros clássicos russos do século XIX, impõem problemas especiais aos tradutores. Seus contos e no-

---

[3] https://www1.folha.uol.com.br/fsp/ilustrad/fq2811200916.htm

velas estão repletos de expressões idiomáticas, trocadilhos engenhosos, frases torcidas e palavras inventadas. E, embora seja sempre discutível falar em "impossibilidade" quando o assunto é tradução, a depender do grau e da quantidade de invenções, – por assim dizer – algumas obras de Leskov são tratadas como inviáveis à tradução. Com *Vontade de ferro*, entretanto, considero ter chegado a um bom termo.

    O trabalho de tradução está sob o signo da negociação. Se por um lado é preciso buscar ao máximo a similaridade de efeito expressivo, por outro lado é preciso abrir mão de se reproduzir os procedimentos do autor, quando se entende que o resultado dará ao texto de chegada o que se denomina informalmente de "gosto de tradução". Pois seria lamentável tanto a pasteurização que se sobreporia ao sabor popular próprio da linguagem leskoviana, quanto as soluções orientadas pelo compromisso de reproduzir a todo custo os procedimentos que o original apresenta, a saber: um trocadilho por um trocadilho, uma palavra inventada por uma palavra inventada etc. É antes de tudo o efeito expressivo o que se deve buscar; o procedimento eventualmente pode variar. Assim, de acordo com essas orientações prévias, espero que este texto brasileiro de *Vontade de ferro* se encontre antes da pasteurização e que não tenha ultrapassado a intenção de Leskov com soluções falseadoras da expressão.

***

SOBRE O AUTOR

Nikolai Semiônovitch Leskov nasceu em 1831 na província de Oriol, no sudoeste da Rússia europeia. É o primeiro dos grandes escritores russos do século XIX que não veio da aristocracia. Descendia de membros do clero e de comerciantes, por parte de pai, e da pequena nobreza, pelo lado materno. Teve educação formal pouca e sumária e antes de se dedicar à literatura, entra primeiro na carreira burocrática, depois se torna comerciante. No exercício da atividade comercial, Leskov viaja por toda a Rússia, conhecendo os tipos populares, suas anedotas, lendas e linguagem. Inicia a atividade literária na década de 1860, destacando-se nos contos e novelas: *Lady Macbeth do distrito de Mtzensk* (1865), *O peregrino encantado* (1873), *O canhoto* (1881). Entre seus mais importantes admiradores estão o escritor Anton Tchékhov e o ensaísta alemão Walter Benjamin. Leskov faleceu em 1895, em São Petersburgo.

SOBRE O TRADUTOR

Francisco de Araújo nasceu em Fortaleza em 1978. É bacharel em Letras pela Universidade Federal do Rio de Janeiro. Trabalhou como professor de português do Brasil em Moscou e tradutor-intérprete em Angola. Como tradutor de literatura, publicou obras de Varlam Chalámov, Evguiêni Zamiátin, Anton Tchékhov, Tatiana Tolstáia e Aleksandr Soljenítsin.

Este livro foi impresso na gráfica PSI7, em papel pólen natural 80 g/m2 (miolo) e cartão 250g/m² (capa) e composto em Garamond